복길잡화점

2023년 12월 1일 초판 1쇄 펴냄

펴낸곳 (주)꿈소담이 / 뜰Book
펴낸이 이준하
글 이민혁
책임미술 오민규
일러스트 나예

주소 (우)02880 서울특별시 성북구 성북로5길 12 소담빌딩 302호
전화 02-747-8970
팩스 02-747-3238
등록번호 제6-473호(2002. 9. 3.)
홈페이지 www.dreamsodam.co.kr
북카페 cafe.naver.com/sodambooks
전자우편 isodam@dreamsodam.co.kr

ISBN 979-11-91134-40-7 03810

복길 잡화점

딸Book

차 례/

경석 이야기/

"정말로 그렇게 하면 되는 거죠?"

"몇 번을 말해, 이놈아! 이걸로 한 방에! 푸욱!"

장이 서는 날이면 하루 수천 명이 오고 가는 이곳 수유 오일장은 파는 사람과 깎는 사람 간의 악다구니에다 팔려 온 짐승과 길 잃은 꼬맹이들의 서러운 울음까지 합쳐져 그야말로 넌덜머리 나게 소란스럽다. 여유를 부리며 온 초짜들은 초입에서 돌아 나오기 일쑤인 이 악명 높은 아우성의 도가니탕 안에서 유독 차분한 이 남자. 교련복을 입고 있는 경석은 곤죽이 된 진흙탕 바닥에 엉덩이가 젖는 줄도 모른 채 구두닦이의 바짝 선 검지에 온 신경을 모으고 있다.

"어느 비법이건 말야, 핵심은 눈 뜨고 코 베는 거라. 상대를 속이며 이득을 취한다, 크- 그것이 바로 서울! 서울의 낭만 아니겠냐?"

잿빛 담벼락에 기대어 교련복 청년을 마주하고 있는 구두닦이는 비릿한 웃음을 지어 보이며 경석의 반응을 살피다 카악 퉤! 손에 낀 구두에 침을 뱉곤 좌, 우, 위, 아래 요목조목 비벼대는 신통방통한 손놀림을 선보이며 한 번 더 신신당부를 한다.

"눈 크게 뜨고 잘 보라. 코 베이지 말고."

경석은 쭈그리고 앉은 다리가 저린지 코에 침을 세 번 묻혀가면서도 그의 말마따나 오로지 검지손가락만 노려보는데, 어느새 번들번들한 광이 올라오며 빛바랜 가죽이 유리처럼 반짝이기 시작하자 구경꾼 포함 경석의 입에서도 진한 탄성이 새어 나온다. 순간 이때를 기다렸다는 듯 손가락 끝을 독사처럼 세운 구두닦이가 경석의 이마를 향해 달려든다!

비명도 지르지 못한 채 이마 한가운데로 구두약이 찍혀버린 경석은 이게 무슨 수작인가 싶어 "뭡니까 갑자기!" 투덜대 보지만 구두닦이는 제 할 일 했다는 듯 만족한 끄덕임을 보이며 거무스름한 약수를 꿀떡꿀떡 삼켜낸다.

"그렇게 경고를 했어두 별수 없지? 본디 기습과 방심은 남자와 여자 같은 거요. 떼려야 뗄 수 없고 막으려야 막을 수 없는 법."

경석은 이마에 묻은 구두약을 만지며 방심과 사랑이 무슨 상관인지 유추해보건만 대관질 그의 말을 도저히 이해할 수 없다는 표정이다.

"니놈이 알랑가 모르겠지만 바야흐로 20년 전 민족상잔의 비극인 때에도 이 땅에 태어난 꼬맹이가 자그마치 백만 명이야, 백만 명. 그게 무슨 소리냐! 피난을 가고 괴뢰군 총칼을 피하는 와중에도 다 응? 남녀가 응? 사랑을 했다는 거 아니겠냐. 니가 인제 스무 살이니까 바로 육이오 베이비. 살아있는 증거다! 좌우지간 이 의식은 도장 같은 거야, 그것도 인감도장. 니 이마에 찍힌 것처럼 너도 연화한테 슉슉 찍고 나면 끝! 자, 약속대로 천 원!"

하산하는 제자에게 일장연설을 늘어놓은 뒤 두 손을 공손히 모아 그간의 교육비를 요구하자 그 뻔뻔함에 경석의 머리끝이 쭈뼛해진다. 천 원이면 자그마치 자장면이 열 그릇이요. 사흘 내리 좌판을 벌여야 벌 수 있는 거금인 데다 고작 이따위 기술이 백전백승 프로포즈 비법인 것도 어이가 없는 마당에 천 원이라니! 황당함에 머리만 긁적이는 경석을 보며 구두닦이는 그럴 줄 알았다는 듯 거드름을 부린다.

"인마, 색시를 얻는 비법인데 천 원이면 싼 거지, 쩨쩨하게."

"쩨쩨하긴요! 천 원이 당장 없어서 그런 거지!"

쫀심으로 따지면 이 시장통에서 김경석 따라올 자 없다더니 은근슬쩍 자존심을 긁자마자 경석은 바지 주머니를 탈탈 털어 십 원 한 장까지 몽땅 꺼내 구두닦이 손에 쥐여준다.

"나머지는요! 꼭 갚을 겁니다. 저 한다면 하는 놈인 거 아시죠!"

눈빛이 보증 선다는 듯 열을 내며 노려보는 경석을 보자 구두닭이는 패기 가득했던 소싯적이 떠오르는지 입가 양끝이 따뜻하게 올라간다.

"그럼 이렇게 하자. 나머지는 안 받을 테니 꼭 살아서 와야 한다."

축축하게 변하는 구두닭이의 눈을 보자 경석은 어색함을 지우려 구두닭이의 가짜 발을 만지작댄다. 나무로 대충 만든 의족이지만, 한때 그가 군인이었을 적 수백의 목숨과 맞바꾼 소중한 다리였음을 잘 알기에 경석은 늘 그의 나무다리를 존경했다.

"아재나 건강하소… 나는 안 죽습니다. 연화 두고는 절대로 못 죽어요."

"그래… 가서 꼭 니 색시 만들어라. 알았지?"

대답 대신 개구진 경례를 붙인 경석이 나무 좌판을 목에 걸고 군중 속으로 파고든다.

"자, 없는 물건 없는 만물좌판. 미제 통조림부터 영국 여왕님만 쓴다는 고오급 화장품까지!"

오늘도 목청을 높이며 시장통을 누비는 이 스무 살 청년은, 어릴 때부터 씨름대회에 나가 송아지도 받아올 만큼 힘이 장사였으며 '장사'란 뜻도 모를 나이부터 장사란 말을 듣고 자란 탓인지 사고파는 '장사'에도 관심이 많았다. 제 손으로 딴 송아지를 팔아 좌판장사를 시작한 게 겨우 열다섯이었고, 시장에 첫 발을 들이밀 땐 상인들의 텃세에도 기죽지 않고 온갖 허드렛일을 도맡아 하며 인심부터 사는 노련함을 보였다. 무엇보다 상인들이 경석을 인정하게 만든 건 남다른 장사 수완이었는데 계절과 날씨, 마을의 대소사를 파악한 뒤 필요한 물건들만 벌여놓아 경석이 지나가면 삽시간에 사람들이 모여들었다. 어떤 때는 경석이 가는 시장에만 활기가 돌 정도였다. 상품들은 또 얼마나 포장을 잘해 놓았는지 그 흔한 머릿니도 없을 만큼 깔끔하고 꼼꼼을 떠는 성격인지라 사람들은 경석이 무엇을 팔든 깔끔, 꼼꼼할 거란 믿음이 있었으며 당시에는 없었던 '화장품 샘플'을 나누어주는 파격적인 아이디어로 여고생들 사이에서 어마어마한 인기를 끌었다. 그는 사람들 사이에서 교련복 왕자님으로 통했는데 이유는 말 그대로 주구장창 교련복만 입고 다녔기 때문이다. 남자답게 생긴 경석은 얼룩덜룩한 교련복이 누구보다 잘 어울렸고 교련복을 입었을 때 자신이 빛나고 있다는걸 아는지 초등학교도 겨우 나온 주제에 사립 고등학교 마크가붙은 교련복을 구해와 스무 살이 다 되도록 입고 다녔다.

여느 때라면 하교하는 여고생들에게 둘러싸여 화장품을 팔고 있을 그이지만 오늘은 텅 빈 좌판을 덜렁대며 시장 입구를빠져나간다. 늦었다는 듯 발걸음을 재촉하는데 순간 뭔가가 떠올랐다는 듯 머리를 부여잡고 걸음을 멈춘다.

"여자는 비싸고 귀한 선물에 약하니까 꼭 하나 준비해!"

약속시간이 다 되어서야 구두닦이의 신신당부가 떠오른 경석은 얼굴이 노래지고 식은땀이 흐른다. 되는대로 팔다 남은 화장품이라도 줄까 했지만 오늘따라 샘플까지 몽땅 동이 나버렸다. 요새 유행한다는 운동화라도 사볼까 싶어 신발집에 가보지만 연화의 발이 얼마만 했는지를 몰라 애만 태웠고, 옷집에 가서는 "뚱뚱하진 않은데 날씬하지도 않습니다"라는 오묘한 말로 사이즈를 묻는 옷가게 점원마저 어리둥절하게 만들었다. 지금껏 발 크기도, 옷 사이즈도 모르면서 어떻게 연화를 좋아하고 있었는지 의문이 들 정도로 당최 아는 것이 없음에 경석은 실성한 웃음만 흘러나온다. 이렇게 바보 같고 무던한 자신을 연화는 왜 좋아해줄까 싶어 민망하고 미안해지는데, 반성하듯 머리통을 한 대 쥐어박으며 시장 거리를 나서던 그의 눈으로 저 멀리 허연 한기를 뿜고 있는 아이스께끼가 보인다!

그것을 맛나게 핥아대는 부잣집 아가씨의 황홀한 표정에서 '바로 이거'라는 힌트가 뿜어져 나오는 듯하다! 그래, 바로 저거야… 경석은 저 아이스께끼를 핥으며 황홀한 표정을 지어 보이는 연화를 상상하자 머리끝까지 짜릿해지는 기분이다. 그렇게 남녀노소 누구나 좋아하는 귀하고 비싼 아이스께끼를 챙겨 든 채 거사라도 치를 것처럼 비장하게 떠난 경석은 버스정류장에서 이백 미터쯤 떨어진 아까시나무 밑에서 제자리만 돌고 있다.

"일났다. 이 아까운 거 다 녹겠네, 다 녹겠어."

벌벌 끓는 땡볕에 손에 든 아이스께끼는 주륵주륵 녹아내리고 어느새 모여 앉은 동네 아이들은 경석보다 더욱 안타깝게 녹고 있는 아이스께끼를 바라보았다.

"안 먹을 거면 땅바닥에 버려줘."

"저리 가라 한 대 맞기 전에."

"한 대 때리고 아이스께끼 버려줘."

"너네 줄 거 아니라고 몇 번을 말해!"

"형 바보야? 지금까지 버스 두 대나 지나갔다고! 형 바람맞은 거라고!"

"이것들이 확!"

"알나리깔나리~ 김경석은 임연화한테 바람맞았대 바람맞았대~"

꼬맹이들과의 한바탕 입씨름도 지나갔건만 기다리던 연화는 여전히 감감무소식. 한여름의 열기와 경석의 화딱지를 식혀주는 건 그늘로 덮어주는 아까시나무뿐이다. 세 번째 버스마저 빈 차로 지나가자 머리끝까지 화가 뻗친 경석은 정말로 아이스께끼를 내던지려 하지만… 자신도 한 번밖에 먹어보지 못한 귀한 음식을 내동댕이칠 순 없다는 듯 손등을 타고 흐르는 아이스께끼부터 핥아먹기로 타협을 본다.

크- 시원 달콤한 국물이 혀를 통해 입으로 들어오자 터질 것 같던 열병도 삽시간에 식어버리고 특유의 소다 향이 코를 통해 퍼지자 맛의 극치를 느낀 듯 절로 눈이 감긴다. 이제는 아예 손 밑으로 입을 고정한 채 핥고 빠느라 정신이 없는 경석. 오매불망 기다리던 교복 차림의 연화가 네 번째 버스에서 내리는데도 제 손 핥느라 고개도 들지 못한다. 이제 막 외모에 신경을 쓰기 시작한 열여덟 연화는 요새 유행하는 신식 단발머리에 경석이 선물로 준 분으로 옅게 화장까지 하고 다가왔건만 경석은 제 손만 가열차게 빨아대는 데 여념이 없다.

"뭐 해요? 강아지처럼 손이나 핥… 읍읍!"

가까이 연화의 목소리가 들리자 경석은 다짜고짜 그녀의 입에 아이스께끼부터 꽂아 넣는다.

"다 녹은 담에 오려고 했어? 남자 기다리게 하면 소박맞는다 몇 번을 얘기해도."

욱여넣어진 아이스께끼를 조심스레 빼어 물며 연화는 눈을 흘긴다.

"으유! 그렇다구 냅다 밀어 넣음 어째요. 입가에 다 묻었네."

"어어! 닦지 마라, 아깝게! 혓바닥으로 훔켜!"

시험이 있어 늦었다는 연화의 사과도 들은 채 만 채 그늘 아래에 놓인 벤치의 끄트머리에 앉아 강아지풀만 뜯고 있는 경석, 그렇게 기다리던 연화가 왔건만 수줍음이 앞서 대화거리가 생각나질 않는다.

"나 주려고 가져온 거예요?"

연화의 말에 "알면 됐어" 퉁명스럽게 말을 하지만 경석의 입꼬리는 경련을 일으키듯 씰룩이며 웃음이 튀어나오려 한다.

"어때, 맛이…."

"달죠."

"뽄테 없기는…."

또다시 짧고 어색한 대화를 마친 경석은 애꿎은 풀만 쥐어 뜯는다. 그러면서 연신 연화를 훔쳐보던 경석은 어느 순간 그녀의 다리에 시선이 꽂힌다. 하얗고 길게 뻗은 고운 다리부터 땀에 번들거리는 뒷목과 이마, 아이스께끼에 맞닿는 도톰한 입술을 게슴츠레한 눈으로 쳐다보던 경석은 연화의 몸매에 심취한 나머지 그녀가 매섭게 째려보고 있음을 눈치채지 못하다가 정확히 눈이 마주치자 "어이고 참 내" 괴기한 추임새를 넣으며 일어나 바지를 추스른다.

"징그러 진짜. 뭘 그렇게 훔쳐봐요."

"훔쳐보긴 뭘! 웃기는 애네. 거 왜! 쩝쩝대며 먹니, 여자애가."

"쩝쩝대고 먹어야죠! 경석 씨가 애써서 나한테 준 거니까."

연화의 말에 일출처럼 솟아오르는 경석의 광대. 아이스께끼를 사수하기 위한 고군분투가 더해져서인지 뿌듯함을 주체할 수가 없다.

"알면 됐어."

경석은 마음과는 달리 퉁명스럽게 나오는 말투에 스스로가 원망스럽다. 마음 같아선 연화처럼 부드럽고 다정한 말투로 그녀를 대하고 싶지만 어쩐지 "손님" 외에는 상냥한 말투가 영 어색해진다. 다행히 연화는 경석의 성격을 감안해서 척척 걸러 듣는 능력이 있기 때문에 죽이 잘 맞지만 그래도 오늘만큼은 따뜻한 말만 해주고 싶었다. 교양 있고 차분한 모습이 자신에겐 없어서일까.

경석은 1년 전 반말과 실랑이가 오고 가는 흥정 속에서 "미제크림 하나 부탁해요"라는 연화의 말투에 심장이 두근거렸다. 파는 사람이 사는 사람에게 하대당하는 게 당연했던 시절이기에 경석으로서는 부탁한다는 말 한마디로 좌판쟁이의 직업을 전문가로 만들어준 연화가 눈물 나게 고마웠다. 성심을 다해 화장품을 추천하며 나눈 찰나의 시간이었지만 자신을 낮추지도 높이지도 않은 깔끔한 태도로 마주하는 연화를 보며 경석은 일생을 함께할 여자가 바로 이 사람임을 직감했다. 저 여자와 함께 조그마한 가게를 열고 싶었다. 하여 오늘, 천하의 김경석은 임연화에게 프로포즈를 하기로 결심!

굳센 마음으로 여기까지 왔건만 염병. 좀 전까지 함께했던 굳센 마음은 도망가고 숙맥 겁쟁이만 들어차 있으니 미치고 환장할 노릇이다. 에라 모르겠다, 일단 저지르고 보자란 심정으로 흙바닥에 글씨를 쓰고 있는 그녀 옆자리에 바짝 앉고 본다.

"경석 씨! 지금 우리 엉덩이 닿았어요!"

"잠깐만. 할 말이 있어서 그래."

"저기서 말하면 되지 왜 바짝 붙어요. 사람들 보면 어쩌려고."

"연화야 일단 여기, 내 손가락 좀 봐."

"손가락은 왜요."

경석은 엄지손가락으로 자신의 볼을 긁어 병 따는 소리를 내더니 미사일이 발사된 듯 검지손가락을 치켜들고 휘파람을 불기 시작한다.

"뭐 해요, 지금?"

"쉿! 집중하고 손가락 끝을 잘 보라니까."

갸웃거리면서도 손가락 끝에 집중하던 연화는 문득 무언가가 자신의 가슴을 찌르고 있음을 느끼자 고개를 떨궈 내려다보니 하얀 블라우스 위로 봉긋하게 올라온 그녀의 가슴 위로 경석의 반대 손 검지손가락이 푸욱 박혀 있다.

"옴마야!"

연화의 몸서리에 손가락은 떨어졌지만 언제 발랐는지 검은색 구두약이 젖가슴 한가운데에 지장처럼 찍혀 있고. 가뜩이나 남자의 손이 자신의 가슴에 손을 댄 것도 처음인데 구두약까지 발라 놓았으니 이게 웬 미친놈인가 싶은 연화의 눈에 화기가 이글거린다.

빡- 머리통을 맞은 경석의 두 눈에서 불이 번쩍인다. 어찌나 세게 맞았던지 까만 점들이 사방에 날아다니는데, 그 속에서 살기를 내뿜는 연화를 보자 경석은 덜컥 겁부터 난다. 저렇게 화가 난 표정은 본 적도 없거니와 금방이라도 울 것 같이 빨개진 눈을 보니 정작 프로포즈는 꺼내보지도 못하고 끝날 듯싶다. 잠시 경멸에 가득 찬 눈으로 경석을 바라보던 연화는 벌떡 일어나 정류장으로 향하고, 경석은 본능적으로 막아서며 무릎을 꿇는다.

"잘못했어!"

"비켜요."

"멈춰! 내 말만 듣고 가."

"듣고 싶지 않아요."

"들어야 돼! 오늘 꼭 해야 된단 말야."

연화는 잡힌 팔목을 뿌리친 뒤 경석을 피해 정류장으로 달려간다. 수습 안 되는 이별 직전의 상황에서도 아까시나무 밑에 놓아둔 좌판부터 챙기러 간 경석은 뒤늦게 버스정류장으로 달려가지만, 경석보다 먼저 도착한 버스가 멈춰 서자 두 다리에 힘이 쭉 빠진다. 먼지를 일으키며 떠나는 버스 꽁무니를 쳐다보며 경석은 허탈함에 돌멩이를 집어 던지는데, "아얏!" 정류장 뒤쪽에서 숨어 있던 연화가 돌에 맞은 다리를 부비며 모습을 드러내자 경석의 얼굴에 화색이 돌면서도 아차 싶은지 빠르게 달려가 살펴본다. 연화의 정강이에 시뻘건 핏물이 주륵 흘러내리자 경석은 세상이 무너지는 듯하다. 연화를 울린 것도 모자라 다리에 상처까지 내버리니 꼬여도 이렇게 꼬이나 싶은 생각에 자책하며 이마를 문지른다.

"할 말 있다면서요. 그거까진 듣고 가려구요."

괜찮다는 듯 치마를 내려 상처를 가린 연화가 꼿꼿이 선 채 경석을 응시한다.

"그래. 내가 오늘 꼭 할 말이 있었단 말야."

분을 발라 눈물 자국이 더욱 선명하게 드러나는 연화의 얼굴을 보자 경석의 눈이 흔들린다.

"어서 해요. 다음 버스 오기 전까지."

"나 군대 가. 귀씬- 잡는 해병대."

연화의 표정이 한순간 시무룩해지며 머리 위로는 거대한 물음표가 떠다닌다. 황당하면서도 어이가 없고, 당황스러우면서도 덜컥 눈물부터 나는… 온몸에 힘이 풀리며 가슴에 찍힌 구두약을 가리는 것도 잊은 채 경석의 말을 이해하려 하지만 그럴수록 어지럽고 속이 울렁거린다.

"언제 가는데요."

"내일 아침."

"빨리도 가네…."

경석의 말에 연화는 억이 막힌 듯 말을 잇지 못한다. 가는 날까지 함께 보낼 시간이라도 헤아리려 했건만 그마저도 사라지자 녹아내린 아이스크림처럼 쉴 없이 눈물만 흐른다. 경석은 애써 밝게 그리고 손끝이 떨리는 걸 감추며 연화 앞에 선 뒤 좌판을 들어 보인다.

"이것 좀 봐봐 연화야. 지금 이 좌판이 나중에 이 동네에서 제일로 큰 잡화점이 될 거야. 니는 산수를 잘하니까 평생 내 옆에 딱 붙어서 주판만 만지면 돼."

"거기 가면 죽는대요. 살아 올지 죽을지도 모르면서…."

"무슨 말이 그래! 김경석은 임연화 두고 절대 안 죽어! 아니 못 죽는다고."

"다 필요 없으니까 가지 마요."

연화는 연신 흘러내리는 눈물을 닦으며 한숨 섞인 투정을 부려보고, 경석은 차오르는 눈물을 거칠게 비벼댄 뒤, 연화의 어깨를 세게 부여잡는다.

"대답해. 기다릴 거지!"

"못하겠다면요."

"그! 그럼! 내가 소문내야지! 김경석이 임연화 젖가슴에 도장 콱 찍었다고."

손나팔을 만들어 "내가 임연화 젖가슴 만졌다!" 고래고래 소리치는 경석을 겨우 뜯어말린 연화가 못 살겠다는 듯 주저 앉는다.

"말해. 기다린다고. 기다린 담에 꼭 나랑 결혼할 거라고 약속 해줘."

속상함에 자꾸만 흐르는 눈물을 훔치던 연화가 품에서 곱게 접혀 있던 손수건을 꺼내 오랫동안 입을 맞춘다.

"삼촌이 그랬어요. 여자 입술이 묻은 손수건만 있으면 총알 도 피해 간다고."

침을 꼴깍 삼키며 경석은 연화의 손수건을 보물처럼 받아든 다. 세상 모든 것을 녹이려는 듯 벌벌 끓던 태양도 주황빛 숯처 럼 식어버린 저녁. 막차를 몰고 온 버스 기사는 "안 탈 거요?" 를 외치다 먼지를 일으키며 떠나갔고 경석과 연화는 다시 뜨겁 게 떠오르는 태양을 마주할 때까지 정류장과 아까시나무 사이 를 수없이 걷고 또 걸었다. 훗날 이들이 기억하기로 기어이 작 별의 순간이 찾아오자 우연하게도 그림자에 파묻힌 아까시나 무 앞에 멈춰 섰는데 연화는 잔머리 좋은 경석이 발걸음을 조 절한 것이라며 경석을 탓했고 그럴 때마다 경석은 자네야말로 거기서 눈을 감고 입술을 두꺼비처럼 내밀지 않았느냐며 첫 키 스의 순서로 자존심을 부렸다.

어찌 되었든 연화의 입술이 닿은 손수건 덕분인지 경석은 월남에서 살아 돌아왔고, 연화는 긴 시간을 아까시나무처럼 우 직하게 기다렸다. 성격이 급한 경석은 마지막 휴가를 나오는 날 아까시나무 아래에서 다시 한번 연화에게 청혼을 했고, 연화는 그가 목숨을 건 전장 속에서도 자신만을 생각하며 만들었다던 탄피 반지를 받아주며 그와 일생을 함께하기로 결정했다.

경석의 바람대로 둘은 이듬해 여름 부부가 되었고 동네에 작은 잡화점을 열었다.

복길마트/

"생선 박스가 왜 아직까지 나와 있어! 덕배야 이거 포장상태 왜 이래? 종구, 수양이는 지각이야! 오픈 30분 전인데 홍기석 너까지 진짜 정신 안 차릴 거야!"

뒤집어 놓은 맥주 박스에 올라 이곳저곳을 진두지휘 중인 민정은 호통과 채근으로 오픈준비를 서두른다. 매번 잔소리를 해도 매번 이 모양이니 아침부터 큰소리를 안 칠 수가 없다.

"김창남! 넌 거기 앉아서 뭐 하는 거야!"

평소라면 어깨부터 움찔거릴 막내놈이 오늘은 느릿느릿 태업이라도 하겠다는 양 휴대폰을 꺼내 웹툰까지 보자 민정은 가차없는 꿀밤을 날린다. 이쯤이면 창남도 꼬리를 내리고 순순히 따르련만 오늘은 뭘 잘못 먹었는지 민정이 쥐고 있던 확성기를 빼앗아버리며 반항을 이어간다.

"너 지금 이거 하극상이다."

"주임님이야말로 아침마다 왜 이러시는 건데요!"

"니들이 똑바로 하면 내가 화를 내겠어?"

입사한 지 고작 1년밖에 안 된 성실하고 착한 막내의 반란이 민정으로서는 세상 섭섭하기만 하다.

"그게 아니라! 이제 이 마트에 주임님이랑 저 둘밖에 없다고요! 있지도 않은 사람 이름은 왜 자꾸 부르는 건데! 무섭게 증말…."

창남의 말에 민정은 머리를 세게 얻어맞은 것처럼 멍해진다. 그래, 막내의 말이 맞다. 지난주 벌어진 지독했던 구조조정 덕에 이제는 창남과 민정 둘밖에 없다. 그녀로선 근 10년을 함께한 기석이와 덕배, 종구도 수양이도 없는 이곳이 아직 낯설기만 하고, 그들과 함께 보낸 마트에 홀로 있자니 졸업식이 끝난 텅 빈 교실에 앉아있는 기분이라 오픈준비 때만큼은 예전처럼 이름이라도 부르고 싶었다. 그래야 창남의 말처럼 적응이란 걸 할 수 있을 것 같았다.

1977년 복길잡화점으로 출발한 이곳은 마을의 대소사를 살뜰히 챙기는 주인 부부의 노력으로 입소문을 타기 시작했다. 파는 것보다 퍼 주는 게 많아 동네의 인심을 샀고 깔끔 꼼꼼한 성격으로 질 좋은 제품만을 저렴하게 팔아 신뢰를 쌓았다. 부부의 정성에 감동한 이들은 아무리 멀고 급해도 잡화점을 찾아 의리를 지켰으며 어느덧 2층짜리 잡화점이 되었음에도 부부의 초심은 한결같았다. 받은 만큼 베풀었고 베푼 만큼 성장했다. 이제는 200평 규모의 매장과 주차도 가능한 공터까지 마련된 지역 최대 규모의 할인마트로 자리매김했지만 행복은 여기까지. 길 건너 대형마트가 들어서자 주민들 사이에선 신바람이 불었고 복길마트는 정리해고의 피바람이 불었다.

오전 9시, 셔터가 일제히 올라가며 복길마트의 오픈이 시작되자마자 속도를 줄이지 않고 들어오는 고급 SUV가 먼지 폭풍을 일으키며 입구를 틀어막는다. 뒤이어 느릿하게 열리는 운전석 도어에서 느릿하게 내리는 중년의 남자. 부담스러운 스키니 바지에 방실방실한 파마머리, 꺾이는 관절마다 채워져 있는 황금 액세서리를 흔들며 걸어오는 이 중년의 사내가 바로 복길마트의 사장 김복길이다.

"어이 막내, 인사 안 해?"

"예, 안 해요."

오색찬란한 셔츠를 펄럭이며 들어오는 복길을 대놓고 깔아뭉개는 창남의 태도에서 그의 지위와 위치가 어떤지 충분히 짐작되고도 남는다.

"아요, 이 싸가지 없는 자식. 덥다 더워! 가서 에어컨이나 빵빵하게 틀어!"

"적정온도 27도! 왕사장님께서 신신당부하셨습니다."

창남이 날카롭게 받아치자 복길은 배를 내밀며 씩씩댄다.

"왕사장 좋아하시네. 이제 여기 사장은 나라고! 적정온도 18도! 18도로 맞춰, 시팔!"

"차나 똑바로 대시죠, 입구를 막으면 손님이 어떻게 들어옵니까."

"손님? 손님이 어딨어? 손님은 다 길 건너 아이마트로 갔는데."

복길의 계속된 깐족거림에 창남도 받아치고 싶지만 복길의 말이 틀린 건 아니기에 입을 다문다. 어제도 손님은 스무 명도 채 되지 않았고 일과처럼 들렀던 단골들은 배신이 민망한 듯 아이마트에서 나눠준 초록색 에코백으로 얼굴을 가린 채 가게 앞을 지나쳤었다. 창남이 못마땅한 얼굴로 에어컨 온도를 낮추는 사이, 과일코너로 걸어간 복길은 잘 진열된 사과 하나를 집어 아그작댄다.

"아이씨, 드실 거면 돈 내고 드세요."

"뭐? 아이씨? 이 자식이 보자 보자 하니까…."

쫓아다니며 구시렁대는 창남을 참다못한 복길이 주먹을 불끈 쥐지만 민정에게서 어렴풋이 들었던 "창남이 태권도가 7단이래요"라는 말이 떠오르자 이내 차분해진다. 대신 창남의 손에 들린 안내판 속 "금일 베 반값 할인"이란 문구를 보고 경박한 웃음을 터뜨린다.

"아유 띨빡아! 배가 아이지 어이야? 아유 이 무식한 자식."

"어이 맞아요! 사장님은 아무것도 모르면서."

"뭐? 내가 뭘 몰라!?"

"됐고 천 원이나 주세요. 사과 하나에 천 원."

"싫어!"

"싫으면 시집가세요."

유치한 말다툼 끝 소소한 몸싸움까지 벌이며 주머니 속 천 원을 기어이 빼앗아 가는 창남을 한 대 쥐어박고 싶지만 그를 이기기엔 자신의 주먹과 심장은 갓난아이 수준임을 알기에 예의 '내가 봐준다!'라는 식으로 정신승리를 거두려 하지만 창남의 무식한 행동이야 하루 이틀도 아니고 유야무야 넘어가겠다만 '배'가 '베'라는 말은 쉬이 납득이 안 되는지 손바닥을 펴 써보기까지 하는데, 때마침 냉동고에서 나온 민정은 볼록한 배를 내민 채 손바닥에 글씨를 쓰고 있는 복길이 귀엽다는 듯 입가에 미소가 그려진다.

"사장님 나오셨어요?"

"어? 김 주임? 배가 아이가 아닌가?"

복길은 민정을 보자 창남을 대할 때와는 달리 나긋하고 싹싹하게 변한다.

"당연히 아이가 맞죠. 창남이가 틀리게 썼네요."

"맞지? 쟤 표정 봤어? 하도 당당해서 내가 틀린 줄 알았잖아!"

"그치만 창남이 말도 틀린 건 아니에요. 글자를 거꾸로 쓰거나 틀리게 써서 손님 눈 한 번 더 가게 하는 것도 마케팅 방법 중 하나거든요. 요새 어그로라는 말 들어보셨죠? 어그로는…."

만화 속 캔디처럼 크고 맑은 눈을 깜박이며 열정적인 설명을 이어가는 민정을 보자 복길은 이미 배가 어이인지 아이인지 따윈 중요하지 않다는 듯 표정이 므흣해지며 자신의 입술을 지그시 깨문다.

"뭐야 갑자기. 입술은 왜 그래요? 더럽게."

민정이 진저리를 치며 도망가자 복길이 총총걸음으로 따라붙는다.

"민정아, 올해 처음 내리는 눈을 뭐라고 하지?"

"몰라요. 갑자기 눈은 왜 찾아요."

"글쎄 대답부터 해 봐."

"귀찮게 정말… 처음 내리니까 첫눈이겠죠!"

"맞아. 오늘도 난 첫눈에 반했다. 김민정 넌 나의 첫눈!"

오만상을 찌푸리며 말을 잇지 못하는 민정에게 사랑의 총알을 날리며 중년의 뜨거운 사랑을 주체하지 못하는 복길. 사실 이들은 이제 막 사귀기로 공식화한 사내 비밀커플이다. 성격은 질끈 묶은 머리처럼 똑 부러지지만 얼굴은 주근깨 가득 귀여운

소녀처럼 생긴 민정을 복길은 처음 본 순간부터 좋아했다. 그도 그럴 것이 막내 창남을 비롯한 잘려나간 직원들 모두 복길에게만 쌀쌀맞았기 때문인데 이유는 하나, 사장이 사장 같지가 않아서였다. 마트 운영이라고는 직원들보다도 관심 없는 복길을 모두가 미워했다. 별거 아닌 일도 복길에겐 꼬아서 말했고 퉁명스럽게 받아쳤다. 복길이 온 후부터 어느 곳을 가든 그에 대한 앞담화는 끊이질 않았다.

오직 민정만은 철없이 구는 복길이 밉다가도 안쓰럽게 느껴져 따뜻하게 대해 주었는데, 도매장부 보는 법이나 재고파악 같은 기본적인 업무부터 직원들에게 무시당하지 않는 처세술까지 자신의 일처럼 도왔고 함께 고민해 주었다. 고등학교 졸업 후 10년 내내 마트에서 일한 베테랑이자 이제는 '전임 사장'이 되어버린 호랑이 왕사장의 무한한 신뢰를 받고 있는 민정이 복길을 감싸자 대놓고 무시하던 직원들도 한풀 꺾여 앞담화는 그쳤지만 뒷담화는 여전했다. 복길에게 민정은 살갑게 대해주는 유일한 직원이었고 진심으로 사장이라 불러주는 직원이었다. 그 고마움에 복길은 늘 민정부터 찾았으며 둘은 하루하루 가까워져 갔다. 강단 있고 똑 부러지는 모습이 자신에겐 없어서일까? 복길은 카리스마있게 마트 일을 진두지휘하는 민정을 보며 심장이 두근거렸다. 이런 여자라면 무엇을 함께하든 행복할 것 같았다.

창남이 장부를 챙겨 바깥 창고로 향하자 복길은 주위를 둘러보며 둘만 남겨진 것을 확인한 뒤 촘촘히 박혀 있는 막대사탕 하나를 뽑아 들고 장난스러운 웃음을 삼킨다.

"김 주임. 여기! 여기 와서 나 좀 도와줘."

"뭐가요? 뭐 하는데?"

목장갑을 낀 민정이 귀찮다는 듯 다가오자 기다렸다는 듯 그녀의 입에 막대사탕을 푸욱 꽂아 넣는다. 얼결에 받아먹은 민정이 '사랑의 갈지자춤'을 추는 복길의 팔뚝을 때린다.

"또또 파는 물건으로 장난치신다! 그리고 그 춤 좀 안 추면 안 돼요?"

"왜에 이거 백조가 구애할 때 하는 날갯짓이라고 발레학원에서 배웠단 말야."

"아니, 대체 발레학원은 왜 다니는 건데요. 주책맞게!"

"그게 중요한 게 아냐 민정아, 나 지금 되게 떨리니까 기운 좀 줘봐."

복길이 볼의 공기를 파! 파! 하고 뱉어내며 긴장된 얼굴을 푼다.

"왜 떨리는데요."

"오늘 이 김복길 일생일대 가장 중요한 날이거덩!"

"중요한 일? 또 박지성 골에 전 재산 걸고 그런 건 아니죠?"

"에이 민정아, 나 이제 그런 거 안 해요! 손흥민한테 걸지."

"됐거든요."

"좌우지간 오늘을 기점으로 내 인생이 180도 달라지느냐 마느냐 하는 인생 최대의 갈림길에서…. 민정아?"

복길이 주저리주저리 떠드는 사이 사라진 민정은 사다리에 올라 봉지라면 위에 얹힌 먼지를 털고 있다.

"김 주임. 너는 나의 뮤즈로서 나의 열변을 성의있게 들어주어야 할 의무가 있지 않을까?"

"또 사업 얘기하려는 거잖아요. 오늘은 좀 조용히 넘어가면 안 돼요? "

"잘 알면서 그런다! 이건 나만이 아니라 너와 나의 사업이라고!"

"그러지 말고 마트에 애정을 가지세요, 제발~ 왕사장님 좀 그만 괴롭히구."

"괴롭혀? 괴롭히는 게 누군데 지금? 너 자꾸 말 섭섭하게 할래? 하늘이 두 쪽 나도 내 편을 들어야지, 그 사람 편을 왜 들어?"

졸래졸래 따라다니며 투정만 부리자 민정은 더는 못 봐주겠는지 걸레를 내려놓는다.

"사장… 아니, 복길 씨. 복길 씨랑 나랑 먹은 짬밥이 4년이면 왕사장님이랑 먹은 짬밥은 알고 지낸 사이 가리하고도 15년이에요, 15년. 나한테는 왕사장님은 이거라구요, 이거!"

복길은 치켜세운 민정의 엄지를 격하게 꺾어 버리며 굳어오는 뒷목을 벅벅 긁는다. 하여간에 왕사장은 인생 최대의 걸림

돌이자 스트레스성 탈모의 원인, 고혈압 수치의 일등공신에다 더욱 지긋지긋한 건 평생 봐야 할 가족이라는 거다.

　두 번째 사업이 망한 후 방황하던 복길은 어느 날 느닷없이 아버지가 운영하는 마트를 물려 달라 떼를 썼다. 그동안 관심도 없었던 마트 일에 갑자기 뛰어든다고 하니 터무니없다 생각한 아버지는 들은 체도 하지 않았지만, 자식 이기는 부모 없듯 결국 한평생 키운 가게를 아들 손에 넘겨주었고 반 어거지로 뜻을 이룬 복길은 세습경영의 성공사례를 자신하며 눈물까지 보였건만 포부와는 달리 시작부터 삐그덕댔다. 마트 직원과의 첫 상견례 날, 이까짓 가게 사고파는 단순한 사업 아니냐며 아빠보다 더 크고 대차게 키울 거란 출사표를 던져 우레와 같은 박수를 받았건만 한 시간도 지나지 않아 장 보러 온 아줌마들과 배추를 휘두르며 싸움을 벌였다.
　어느 날엔 지게차 운전을 배우겠다며 설치다 간이창고를 넘어뜨려 수백만 원어치의 재고물품을 폐기처분해야 했고, 본인의 계산 실수로 장부에 펑크가 난 걸 애꿎은 직원에게 횡령으로 뒤집어씌우려다 왕사장에게 걸려 눈물 쏙 빠지게 혼이 났다. 그렇게 밉상과 진상을 너머 최대 빌런으로 발전하는 데까지 고작 1년. 복길의 입장에서도 뭐 하나 되는 게 없는지 그새 마트 운영에 마음이 떴고 2년 차부터는 못난 짓만 골라서 했다.

무슨 꿍꿍이인지는 몰라도 길 건너 대형마트가 생긴다는 소식에 누구보다 기뻐한 것도 복길이었다. 대형마트가 오픈하자 "복길마트는 이제 망했다"라는 말을 본인 입으로 떠들고 다녔다. 경영은 관심도 없는 대신 마트를 부수고 새로운 사업체를 차릴 생각으로만 가득했다. 깊은 사이로 발전한 민정도 복길의 계획만큼은 결사반대를 외치며 마음을 돌리기 위해 애를 썼건만 복길은 만성적자를 명분으로 저번 주 기어이 정리해고를 실시했다.

"복길마트는 말이야, 사람으로 치면 백 살도 넘게 산 거야! 망해도 호상이라고 호상!"

호상이란 말에 그간 고분고분 들어주던 민정도 발끈하며 정색을 한다.

"복길 씨 애들 내보낼 때 뭐라고 그랬어? 운영 잘해서 다시 일으켜 보겠다고 조금만 기다리라고 한 사람이 뭐? 호상?"

"응 호상! 애들이야 여기 싹 밀고 새로 태어난 가게에 다시 부르면 되잖아!"

"뻔하다 뻔해. 왕사장님은 이러시겠지. 너 나이를 어디로 처먹은 거야!"

"쉿! 하여간 왕사장 눈치 보는 것도 오늘이 마지막이야! 화. 룡. 정. 점! 용의 눈에 인감도장 팍팍 찍고! 날아오를 거야!"

"비상! 떴다 떴어! 왕사장님!"

창고에서 외치는 창남의 신호에 바짝 긴장한 복길과 민정이 입구 쪽으로 달려간다. 일렬종대로 모여 군기 바짝 든 자세로 대기하자 이내 특유의 헛기침 소리를 내며 먼발치서 걸어오는 경석이 보인다. 미동조차 사라진 채 꼿꼿한 허리에 더욱 힘을 주는 셋.

"일동 차렷! 경례! 친절!"

일흔 살 백발노인이 됐어도 다부진 어깨와 치켜 올라간 눈썹, 빨간색 해병대 조끼에 부리부리한 눈으로 훑어보는 경석의 모습은 한 마리의 사자, 그것도 저승사자 같은 아우라를 뿜어내며 입구를 막고 있는 복길의 차를 개 쫓듯 걷어찬다.

"어허이! 아빠 그거 범퍼만 이백만 원짜리인데…."

"시끄러! 거 공기가 왜 이리 차! 얼어 죽을 일 있어! 적정온도 27도 몰라!?"

묵직한 사자후에 모두가 움찔. 민정과 창남은 복길만 쳐다본다.

"아빠도 차암. 은퇴하셨음 좀 쉬지 뭐 하러 마트에 오셨어요."

복길은 애교를 피우며 경석의 어깨를 주무르려 하지만, 매섭게 째려보는 통에 슬며시 손을 내린다.

"에어컨! 누가 미친년 널뛰듯 틀어댔냐고! 누가!"

"아빠… 다른 데 가 보세요. 얼마나 시원한가? 요즘 손님들 조금만 더워도 얼마나 뭐라고 하는지 아시잖아요?"

"허허! 이놈 말하는 거 봐? 이 날씨에 덥고 땀나는 게 당연하지! 적당히 시원하면 그만인 걸 그 쬐끔을 못 참아서 얼어 죽을 만큼 틀어제끼니까 냉방병이다, 환경오염이다 지랄들 하는 거 아니야? 전기세 아껴서 물건값을 내려! 그게 더 고객에게 보탬되는 서비스라고 몇 번을 말해!"

볼멘소리를 내는 복길을 차갑게 쳐다본 뒤 민정을 불러 세운다.

"왜 니들밖에 없어. 다 어디 갔어?!"

"사장님께서 저번 주에 정리해고하셨습다!"

민정이 차마 하지 못한 말을 창남은 서러운 감정까지 담아 경석에게 일러바친다.

"야 인마! 너 운영을 어떻게 하는 거야?"

"에에? 이게 내가 운영을 못해서 벌어진 게 아니라니까요!"

"사장이 못났음 사장이 나가야지 왜 직원을 내보내? 너 뭐 하는 놈이야!?"

"그게 아니라 아빠! 앞에 아이마트 생긴 뒤로 매출 반토막 났잖아요! 김 주임이랑 창남이 월급도 겨우 주는 마당에…."

복길도 울화통이 치미는지 진열대에 놓인 생수를 벌컥벌컥 들이켜는데 잽싸게 달라붙은 창남이 먹고 있는 생수를 빼앗아 든다.

"또 왜?"

"계산하고 드시라니까요!"

"이 자식이 아까부터! 사장 알기를 개똥같이 알어!"

"개똥이든 새똥이든 물값 천 원 주세요!"

"싫어!"

"싫으면 시집가시라니까!"

기어이 천 원을 가져가려는 창남과 뺏기지 않으려 발라당 누운 채 방어를 하는 복길을 보며 경석은 "잘들 논다, 잘들 놀아" 혀를 차며 걸음을 옮긴다.

"유제품 담당이 누구야."

"신선코너 담당 김창남입니다!"

쾌승을 거두었다는 듯 천 원을 흔들며 돌아온 창남이 보고를 이어간다.

"유제품 재고는 일주일까지고 오늘 들어온 건 보름까지입니다!"

민정도 옆에서 거든다.

"계란이랑 두부는 전에 말씀주신 업체에서 사흘에 한 번 공급받기로 했습니다. 마진은 40프로 책정했구요."

"20프로로 해. 동네 사람들 반찬거리 만만한 게 두부랑 계란인데 뭘 그렇게 비싸게 받어? 김 주임도 애 낳고 살아 봐. 다른 건 몰라도 이건 아니야. 과일코너!"

헝클어진 머리를 매만지며 어슬렁 다가온 복길에게 경석은 포도의 당도를 물어보며 기습 질문을 던진다. 채근하는 경석의 호통에 복길은 우물쭈물 민정의 입만 노려볼 뿐.

"어… 다… 당도는 14? 14브릭스…라는데요."

"됐다 이놈아."

고개를 절레절레 흔들며 다시 발걸음을 옮기는 경석의 뒤를 창남과 민정이 뒤따른다.

"하여간 무르고 맛없다 하면 군소리 말고 바꿔줘. 그리고 저번 주에 들어온 시금치가 왜 아직도 있어? 몇 푼 남기려고 시들어빠진 걸 선심 쓰듯 내려 팔다간 동네 인심 다 잃어! 퇴근길에 니들끼리 노나 먹던가 손님 장바구니에 찔러 넣어!"

왕사장의 지시를 귓등으로도 듣지 않는 건 복길뿐, 수첩에 받아 적는 민정과 창남은 씩씩한 대답을 하며 웃어 보인다. 창남의 눈에도 민정의 눈에도 왕사장을 바라보는 시선에 존경이 듬뿍 담겨 있다. 왕사장이 온 것만으로도 죽어가던 마트가 활기를 찾은 듯하다.

"아! 뭐 해? 가서 일들 봐!"

경석은 이내 어깨를 펴고 특유의 꼿꼿한 걸음으로 마트를 나서려는데 복길이 붙잡는다.

"아빠! 잠시 드릴 말씀이…."

간만에 온 단골이 민정을 세워놓고 시시콜콜한 안부를 주고받는다. 민정은 맞장구를 쳐주며 웃고 있지만 곁눈으로 복길과 경석 쪽을 예의주시한다. 마트 한편에서 브로슈어 한 권을 꺼내든 복길이 두 손 공손히 경석에게 건네주면 도다리눈으로 받아든 경석은 홍보문구가 가득 담긴 브로슈어를 대충 훑어본다.

"이제 복길마트는 끝났습니다!"

청천벽력 같은 복길의 선포에 경석의 눈자위로 노기가 어려오며 벽에 기대어 있던 빗자루를 들어 냅다 후려친다. 복길은 예상했다는 듯 쓰레기통 뚜껑을 방패 삼아 요리조리 막아대면서.

"요 앞에 생긴 아이마트 보셨죠? 주차장 넓지! 에어컨 빵빵하지! 시식코너에 문화시설까지 없는 게 없어요! 근데 이 우중충한 복길마트 좀 보세요. 눈물 난다, 진짜."

복길이 살금살금 다가가 계약서를 건네주자 경석이 이건 또 뭐냐며 훑어보는 사이 복길이 말했다.

"하여간 이 어마어마한 프렌차이즈그룹 상무이사가 이 누추한 곳까지 직접 오셔서! 수유동 최고상권인 우리 마트 자리에 제대로 된 매장을 운영해보는 게 어떻겠느냐면서!"

브로슈어를 벅벅 찢는 경석과 굴하지 않고 설명을 이어가는 복길의 고집 또한 대단하다.

"리모델링 지원해준다고 하니까 거저예요, 거저! 거지 같은 마트를 거저로 도와준다고요! 한쪽은 베이커리, 한쪽은 카페! 수유동 핫플레이스! 핫플레이스가 뭔지 아세요? 뭐 복잡한 건

이 아들이 다 알아서 할 테니까 아빠는 거기 계약서에 인감 한 번 꾸욱 눌러주시면!"

경석은 더 듣기 싫다는 듯 뒷짐을 쥔 채 나가려고 한다.

"평생 잡화점만 해온 집에서 뭘 안다고 다른 일에 손을 대? 어떻게든 해볼 생각은 안 하고 어디서 흰소리만 듣고 와 가지곤."

지지 않겠다는 듯 복길이 경석의 앞길을 막아선다.

"해보나 마나! 요즘 시대에 누가 이런 이름도 없는 마트에서 장을 봐요! 커피도 빵도 아이스크림도 전부 이름 있는 데 아니면 쳐다도 안 봐! 해보나 마나인데 뭐 하러 하냐고요!"

"이놈아. 이름 없는 가게는 다 구식이고 옛날 거야?"

"예! 구식이죠! 나도 인제 사십이에요 사십! 구닥다리 슈퍼 사장으로 썩을 수는 없잖아요!"

"시끄러! 이제 고작 3년밖에 안 된 놈이 그딴 소리나 지껄이는데 뭔 말 같아야 듣지?"

"아빠야말로 사사건건 감시하고 반대할 거면 뭐 하러 물려주셨어요?!"

"맡아 한 지 3년도 안 된 놈이 자꾸 쓸데없는 생각만 하니까 망해가는 거 아냐! 사내놈이 좀 끈기 있게 할 생각은 안 하고 넌 대체 나이를 어디로 먹은 거야?"

오고 가는 감정싸움에 복길도 경석도 말투가 차가워지고,

부자간의 언성이 높아지자 눈치를 보고 있던 민정이 복길을 향해 인상을 찡그리며 물러낸 다음 경석을 부드럽게 돌려세운다.

"제가 잘 얘기해 볼게요. 오늘은 그만 들어가 보세요."

시뻘게진 얼굴로 마트를 벗어나는 경석을 보며 민정은 한숨을 내쉬고 뒷머리를 긁으며 다가오는 복길을 보자 밉다는 듯 팔뚝을 꼬집어준다.

"내가 그만하라고 했죠?"

"씨팔. 드럽고 치사해서 해병대를 갔어야 되는데."

복길은 인상을 잔뜩 찌푸린 채 몰고 온 차에 올라탄다.

"어디 가요? 또."

"나는 갈 테니까 너랑 왕사장이랑 평~생~ 이 썩어 문드러진 구멍가게에서 행복하게 살아라. 벽에 똥칠할 때까지."

"어머! 복길 씨 저기 소리 아냐?"

민정의 말에 복길의 고개가 확 돌아간다.

"에헥! 아부지!! 오늘도 마더파더젠틀맨 에헥."

민정이 가리킨 곳을 보니 밀가루를 뒤집어쓴 듯 괴랄한 화장을 한 여고생이 가방을 뒤뚱뒤뚱 흔들며 다가온다.

"너 인마 얼굴이 그게 뭐야?! 화장을 할 거면 예쁘게라도 하던가 달걀귀신도 아니고!"

깨발랄 스텝으로 걸어오던 소리는 복길의 말에 휘청대며 금세 시무룩해진다.

"엄마가 있어야 화장도 배우지~ 그런 걸로 기죽이지 말아요."

"내가 언제 기를 죽였어? 누가 봐도 이상하니까 한마디 한 거지."

복길의 말이 끝나기도 전 다시 본래의 텐션으로 돌아온 소리가 허스키한 웃음을 터뜨리며 복길의 목을 쿡 찌른다.

"맞춰 봐, 어떤 손? 헤헤."

"장난치지 말고 빨랑 학교 안 가!"

복길에게 '이거'라며 가운뎃손가락을 펴 보인 뒤 바닥에 찢겨진 브로슈어를 집어 꽃가루처럼 날리며 실없이 웃어댄다.

"나 저기서 다 봤어! 할부지한테 아버지 발리는 거. 헤헤."

"봤음 알겠네. 지금 기분이 너어무 안 좋으니까 좋은 말로 할 때 학교 가라?"

다시 차에 타려는 복길을 소리가 두 팔 벌려 막아선다.

"준비물 사야 돼! 비커랑 스포이드. 샬레. 스아알레."

"너 과학고 다니냐? 과학고 다녀? 지금 그딴 게 왜 필요한데!"

"아버지! 아인슈타인도 중졸이야. 잔말 말고 그냥 줘요. 실험할 게 있단 말이야."

"시끄러! 샬레든 비커든 여기에 그런 게 어딨어?"

"그럼 오만 원만 줘요. 옆에 아이마트엔 팔어, 아버지."

아이마트! 아이마트!! 그놈의 아이마트 때문에 못 살겠다는 듯 복길이 이를 간다.

"좋은 말로 할 때 빨랑 학교 가라! 장사도 안 돼서 죽겠구만."

"치, 샬레랑 비커가 없으니까 장사가 안 되지. 에이, 돈도 없고 엄마도 없고. 이번 생은 별로다."

"쓰읍. 너 자꾸! 쓸데없는 말할래?"

"늦었어, 아부지. 나 학교 안 가고 나무네 갈 거야."

"뭐? 거긴 왜?"

"까발릴 게 있거든. 아버지랑 김 주임. 어젯밤에 우리 집 몰래 들어왔지? 나 자는 척했는데 다 들었어!"

소리의 말에 박스를 들고 지나가던 창남의 귀가 일순 쫑긋해진다.

"쉿! 조용히 안 해? 창남아, 아니야! 우리 애가 좀 특이한 거 알지? 꿈꾼 걸 갖다가…."

"꿈 아냐! 리얼! 내가 똑똑히 들었어! 안방에서 김 주임이랑 둘이 쭙쭙쭙쭙 쭙쭙쭙!"

멀찍이서 엿듣고 있던 민정이 까무러치듯 쓰러진다. 소리는 메롱을 하려는데 잘 안 되는 듯 흰자위만 보인 채 혓바닥을 길게 내밀다가 빠르게 도망치고, 몇 걸음 좇아가다 포기한 복길은 에라 모르겠다 담배에 불을 붙이며 고등어 가판대에 걸터앉는데, 무게를 견디지 못한 가판다리가 부러지며 투실투실한 복길의 몸이 냉동 고등어 속으로 파묻힌다.

- 60년 역사를 자랑하는 수유전통시장 -

언제 걸어 놓았는지 누더기가 다 되어 가는데도 누구 하나 신경 쓰지 않는 현수막처럼 한창 북적여야 할 시장 안이 버려진 듯 고요하다. 시끌벅적한 열기가 사그라진 이곳을 둘러보며 경석은 심란함에 깊은 한숨이 연신 뿜어져 나온다. 돌이켜보면 위기를 직감 못 했던 것도 아니었다. 이제 막 장사를 시작한 청년 상인들은 대형마트와 시설 경쟁부터 불가능하더라도 마인드 정도는 따라 할 수 있는 거 아니냐며 손님에게 바가지를 씌우거나 반말로 응대하는 부모님뻘 상인들에게 가격정찰제와 CS교육을 강제하며 사사건건 감시를 해댔다.

이들이 불편해진 기존 상인들은 새로운 번영회를 세워 젊은 번영회의 규칙과 권고를 무시했고, 시장에서 가장 큰 어른이었던 경석은 양쪽의 갈등을 해결해보려 애를 썼지만 지리한 감정싸움에 지친 청년 상인들은 천막을 내린 뒤 다시는 돌아오지 않았다. 이후 대형마트가 열리자 손님이 떠난 장터를 지키던 기존 상인들도 하나둘 자취를 감추기 시작했다.

이제 전통시장의 명맥을 유지하고 있는 건 복길마트뿐.

60년 전통을 잇고 있는 유일한 가게가 되었지만 그 무게감도 모른 채 아들 녀석은 없애자고만 하니 경석으로서는 미치고 팔딱 뛸 노릇이다.

　시장과 멀지 않은 주택골목. 얕은 담장을 따라 빗질이 새겨져 있는 파란색 철문 앞에 서면 장승같이 서 있는 아까시나무가 보인다. 땅콩만 한 집들이 다닥다닥 붙은 동네에서 무지막지하게 솟아버린 아까시나무를 보며 사람들은 꼭 『어린 왕자』에 나오는 바오밥나무처럼 동네를 삼킨 것 같다며 신기해했고 이 거대한 나무의 밑동은 작은 화분처럼 생긴 기와집에 박혀있는데 이곳이 바로 경석과 연화가 사는 '나무네'다. 거대한 아까시나무를 품고 있다는 것 빼곤 노부부가 사는 집이 그렇듯 쟁여놓은 잡동사니와 낡고 닳은 것들로만 이루어진 평범한 살림이지만 부지런한 연화의 손길 덕에 집안 곳곳은 윤기가 어려 있고, 따로 비어져 나온 부엌 또한 구식이지만 노부부가 살기엔 부족함이 없는 푸근한 고향집의 여운이 남아있다.

　"큰 거는 큰 거대로 맛이 있는 거고! 작은 건 작은 대로 맛이 있는 거지!"

　멀리서부터 경석의 호통이 들려오자 부엌에서 호박을 썰던 연화는 도마소리를 멈춘 뒤 마당으로 나가본다.

　"내가 저 자리에서만 40년을 했어! 지금도 복길이요! 하면 택시 운전수가 내 가게 앞에 딱 내려준다고!"

대문을 벌컥 열자 대청마루에서 빈 상을 닦고 있는 연화가 직선으로 보이고, 연화를 보자 경석은 부아가 더 치밀어 오르는 듯 목소리가 한층 더 커지며 핏대를 세운다.

"여봐. 나라고 위기가 없었는 줄 알어? 어느 가게건 흥하고 망하는 건 내가 하기에 달렸다고! 자식이 말야, 쪼금만 힘들어도 이 탓 저 탓! 허이고~ 탓할 곳 많아 좋겠다!"

"오늘은 또 무슨 일 땜에 뿔이 나셨을까."

쩌렁한 경석의 호통에 힘없는 연화의 목소리는 가볍게 묻혀 버린다.

"여봐. 우리 가게는! 암말도 없이 물건 주고 돈만 받는 그런 삭막한 데가 아니었다고! 저놈도 지금부터 동네 사람들한테 싹싹하게 인사도 하고 골목도 쓸고 이웃도 도와주면서 어떻게 하면 동네 사람들에게 믿음을 쌓을까 고민을 해야지! 벌면 얼마나 더 번다고 손님들을 돈으로만 봐?"

째질 듯한 사자후를 잘도 무시하며 연화는 김이 모락모락 피어오르는 갓 지은 밥에 반찬 몇 가지를 내려놓는다.

"아 왜 대꾸가 없어? 밥은 왜 차려?! 누가 밥 먹는데?"

"제발 작게 좀 얘기해요."

"허허! 이 사람 이거! 오늘 그놈이 뭐라고 했는지 자네가 들어봤어야 알지!"

"아침부터 어딜 가시나 했더니 또 가게에 가셨구만."

커다란 양은냄비가 정중앙을 차지하는 것을 끝으로 잘 차려진 밥상을 받아들지만 경석은 밥투정 부리는 아이처럼 돌아앉는다. 이쯤 되면 신경질을 낼 법도 하지만 대단한 인내심의 연화는 경석의 화가 식길 기다리며 마른반찬을 뒤적였다.

"조반 자시면 화 덩어리도 내려가요. 어째 당신은 젊을 때나 늙을 때나 기운이 펄펄 넘쳐요? 난 웃을 기운도 없구만. 도영이 엄마가 담근 된장을 줬는데 슴슴하니 잘됐더라구요. 전복 넣고 끓였으니 고집 피우지 말고 한술 떠요. 옆에서 나도 좀 먹게."

"아 싫어! 치워! 안 먹어! 누가 밥 먹는데?"

숟가락을 쥐여주려는 연화의 손을 거칠게 뿌리치자 날아간 숟가락이 요란한 소리를 내며 마당을 구른다. 연화는 눈썹을 찡그리며 경석을 노려보지만 입가의 미소는 희미하게 남아있다.

"험… 거 참…."

"주워요, 얼른."

경석은 숟가락을 줍는 대신 벗어 던진 구두를 정리한다.

"아까부터 안 먹는데도 자꾸 사람이."

"주우세요."

화가 난 연화는 천하의 경석도 어쩌지 못한다. 졌다는 듯 맨발로 저벅저벅 숟가락을 주워 오더니만 숟가락 끝으로 연화의 젖가슴을 푹 찌르는 것으로 자존심을 대신한다. 그제야 미소를 재차 꺼내며 마주 앉는 그녀. 지나온 세월만큼 백발에 주름진 노인이 되었건만 경석을 향해 짓는 미소만큼은 젊은 시절 그대로다.

"아무리 봐도 자네가 너무 오냐오냐 키웠어. 그때 내 말 듣고 해병대 보냈음 저렇게 약해빠진 소리는 안 했겠지. 염병 다 큰 놈이 아직도 아빠가 뭐야, 아빠가!"

동치미를 한술 뜨던 연화가 느닷없이 웃음을 터뜨리자 경석의 한쪽 눈이 땡그래진다.

"갑자기 그게 생각나서요. 당신 군대 첫 휴가 나왔을 때 가기 싫다고 엉엉 울었죠? 가는 날엔 오줌도 지려가지고 내가 오만 새벽에 군복 빨고 아이고~"

"아 거 참 사람이! 그만 안 해?"

"알았어요, 알았어. 하여간에 귀여워. 어여 드세요."

한번 터진 웃음을 참지 못하겠다는 듯 연화는 물을 핑계 삼아 부엌으로 들어간다.

"입살이 보살이지 아무렇게 떠들다 노망났단 소리만 들어! 할망구가 원 쓰잘데기없는 것까지 기억하고 사니까 맨날 여기 아프다 저기 아프다 징징대기만 하지."

경석은 눈을 한껏 부라린 뒤 냄비 뚜껑을 열어 된장국의 열을 식힌다. 전복이나 건질 겸 된장찌개 속을 뒤적이던 경석은 젓가락 사이로 잡은 것이 전복도, 감자도 아닌 난생처음 보는 것이기에 미간을 찌푸려 시력을 높여본다. 길고 납작한 데다 숫자까지 적혀 있는 이것은 아무리 봐도 TV 리모컨이라는 사실에 '이게 뭐야' 혼란함에 정신이 아득해지고 마침 물 쟁반을 들고 나온 연화는 벙찐 경석을 보자 또 무슨 잔소리를 쏟아낼까 눈치를 살피며 "왜요. 간이 안 맞아?" 톤을 높인 목소리로 경석을 향해 미안한 표정을 짓는다.

"전복이 뜨거워서 그래요? 내가 식혀줄게 이리 내요."

"이… 이봐….'"

경석이 집은 리모컨에서 된장 국물이 뚝뚝 떨어지자 그의 옷이 금세 젖어간다.

"에이 참. 그걸 그렇게 들면 어째요 국물 다 묻었네. 오늘따라 왜 이러실까…?"

연화가 다시 어기적대며 부엌으로 들어가자 경석은 뒤따라가 그녀를 훔쳐본다. 혼잣말을 중얼거리며 싱크대 위에서 우왕좌왕하던 연화는 봉지라면 하나를 들고 나와 행주인 양 밥상에 떨어진 국물을 훔쳐내고, 경석의 옷에 묻은 국물까지 라면봉지로 닦으려는 그녀를 보며 눈가주름이 꿈틀거린다.

"사람이! 그만 안 둬?"

"당신이야말로 그만 좀 해요. 하여간에 애들처럼 손이 간다니까."

경석은 실핏줄이 터진 것처럼 빨개진 눈으로 연화의 어깨를 잡고 흔든다.

"여봐…! 왜 이래?"

"아이 참! 아퍼요."

경석의 손을 뿌리치며 한발 물러선 그녀는 잡힌 어깨가 아팠는지 어루만진다.

"아유 오늘은 정말 못 봐주겠네. 나 좀 누워 있을 테니 드시든 말든 알아서 해요."

힘없이 방으로 들어가는 연화를 입이 떡- 벌어진 채 쳐다보던 경석은 덜덜 떨리는 손으로 휴대폰 통화버튼을 누른다.

"어! 당장 집으로 와야겠다! 아! 하는 것도 없는 놈이 가게에는 붙어있어 뭘 해? 내가 언제 자리 비우고 오라 한 적 있어!"

진정이 되질 않아 마당을 걷도는 경석. 혹여 잘못 본 게 아닌가 싶어 된장찌개 속을 다시 살펴보지만 아무리 봐도 눈앞에 있는 건 전복이 아니라 리모컨이다. 식은땀이 삐죽 솟으며 오한까지 오려는데, 중국어인지 외계어인지 모를 말투로 들어오는 소리는 상황도 모른 채 마당에 드러누워 발버둥부터 친다.

"할부지~ 나 눈물 나! 눈물 난다고 지금!"

"어. 그래 너 잘 왔다. 너 할부지 의사 친구 놈 알지? 얼른 가서 그놈 데리고 와."

"할부지, 그전에 일단 우리 아버지 좀 패줘야겠어. 어제 우리 집 안방에서 무슨 일이 일어났는지 알아?"

경석의 말은 듣지도 않고 소리는 억울한 듯 손바닥까지 탁탁 치며 말했다.

"어제 오후 11시 40분에 아빠가 안방 문 걸어 잠그고 김 주임이랑 쪽쪽 대면서 알지? 어? 쪽쪽 댈 게 뭐가 있겠어? 족발! 족발밖에 없잖아! 내가 세상에서 제일 좋아하는 게 할부지 다음으로 뭐야. 족발이잖아! 근데 나 빼놓고 둘이서!"

경석은 소리의 수다에 골치가 지끈거릴 지경이다. 이마를 짚은 채 두통을 참던 경석의 뒤로 벌컥 대문 열리는 소리가 들려온다. 부리나케 들어온 복길은 소리를 보자마자 인상부터 쓴다.

"김소리 너 진짜!"

"어이! 김 주임도 같이 왔는가! 다들 서 있지 말고들 이리 앉아 봐."

어째, 차분한 경석을 보자 예상치 못했다는 듯 복길은 민정의 눈치부터 살핀다. "아직 소리한테 못 들은 게 아닐까?"라며 속삭이자, 민정은 너무 화가 나서 해탈하신 거라며 무릎부터 꿇자고 한다.

"이것들이 뭐 하는 거야? 무릎은 왜 꿇어?"

"아빠, 먼저 말씀드리지 못한 점 정말 죄송합니다. 소리가 뭐라고 했는지는 모르겠지만 가게 물려받고 나서 여러모로 김 주임에게 의지 아닌 의지를 한 거 아빠도 알잖아요. 그것도 그렇고 소리 엄마의 빈자리를 어쩌면…."

"된장국에서 리모컨이 나왔어!"

변명을 늘어놓던 복길은 경석의 뚱딴지같은 소리에 또다시 민정을 쳐다보지만 웬만해선 왕사장의 말을 찰떡같이 알아듣는 민정도 이건 모르겠다는 듯 고개를 절레절레 흔든다.

"느이 엄마가 끓인 된장국에서 리모컨이 나왔다고!"

"아빠, 그러니까 리모컨에서 된장국이 나올 만큼 황당하시겠지만 마음을 조금만 여시고…."

"그게 아니라 이놈아! 된장국에서 리모컨이 나왔다니까!"

서로가 서로 할 말만 해대니 누구도 이해 못할 말들만 오고 가고 와중에 명확한 해답을 몸소 보여준 건 소리였는데 뒤편에서 된장국을 맛나게 퍼먹다 리모컨을 퓹 뿜어내며 난리를 친다.

"우웩! 리모컨이 왜 여기에서 나와!"

소리가 물고 있던 리모컨을 뱉어내자 복길과 민정의 눈이 동시에 커진다.

"봤지? 느이 엄마가 끓인 국에서 리모컨이 나왔다고!"

경석의 말에 복길과 민정은 상기된 표정으로 서로를 쳐다본다.

"그러니까… 엄마가 끓인 국에서 리모컨이 나왔다는 거죠?"

"그래 이놈아, 시간 없으니까 얼른 가서 평구 좀 데려와. 얼른 가서 평구 데려오라고!"

더는 참지 못하겠다는 듯 빗자루까지 들며 쫓아내자 복길과 민정은 목을 움츠리며 황급히 대문을 나서면서도 소리의 뒷목을 잡아끌고 나오는 데 성공! 골목이 떠나가라 울어 재끼는 소리의 절규가 아득해질 때까지 잠시 숨을 고르던 경석은 다시 한번 밥상 위를 확인해본다.

'이것이 왜 여기에 들어 있을꼬…' 리모컨을 향해 중얼대다 연화가 누워 있는 안방 미닫이문으로 다가간다. 그러곤 찌그덕 소리가 나지 않게 슬쩍 열어보는데, 틈으로 보이는 연화의 얼굴은 예전 그대로며 새근새근 평온한 숨결이 틈새를 너머 경석에게 전달되자 한결 마음이 놓인 듯 그가 다시 마루 끝에 걸터앉는다.

"저렇게 편히 자고 있는데… 별거 아니겠지."

시래기가 나풀거리는 나무기둥에 머리를 기대어 보니 안도가 한층 더해지며 잠이 쏟아진다. 이런 순간에도 잠이 쏟아지다니 새삼 늙어버린 육신이 원망스러우면서 연화에게도 괜시리 미안해지자 그는 잠이 깰 요량으로 아까시나무를 둘러보기로 한다.

25년 전 버스정류장 옆에 서 있던 이 나무를 연화는 제 것인 양 좋아했었다. 그래서 어느 날 도로정비를 이유로 나무를 뽑아낸다는 소식을 들었을 때 한동안 침울해했다. 코찔찔이 어린 시절부터 부모님과의 추억, 경석과의 풋풋한 사랑까지 살아 온 모든 날의 배경으로 늘 저 나무가 서 있었기에 저것이 함부로

뽑혀 쓰러진다면 자신의 모든 기억도 뜯겨 나갈 것 같다고 했다. 그럴 때마다 경석은 청승 좀 떨지 말라며 유난인 아내에게 화를 냈지만 그럼에도 틈만 나면 청승을 떨고 있는 모습을 보자니 여간 신경 쓰이는 게 아니었다. 구청에 물어보니 저 큰 나무를 잘근잘근 잘라 폐기물봉투에 버릴 거란다.

"그렇게는 아니지. 방법이 잘못됐어."

자신도 모르게 흥분하여 그만 구청직원에게 따지듯 한마디를 하고 돌아오는 동안에도 그는 적어도 저 나무는 그렇게 버려져선 안 될 것 같단 생각으로 가득했다. 이제는 연화가 아니더라도 경석 스스로 나무를 지키고 싶었다. 그렇게 몇 달간 복잡다단한 절차를 밟고 이곳저곳 사정하여 비싼 값을 치르고 사온 나무였다. 어차피 버리려는 나무 돈 내고 가져가겠다는데도 뭔 큰일이랍시고 사람을 이리 가라 저리 가라 뺑뺑이를 돌리는지 경석은 그들의 일처리에 시도 때도 없이 화가 났지만 혹여 승인을 주지 않을까 싶어 한마디도 입 밖으로 내지 않았다.

그해 여름 연화와 경석은 땀을 뻘뻘 흘리며 손수 마당을 팠고 혹여 시들지는 않을까 뿌리가 제대로 자리 잡을 때까지 노심초사 애를 썼다. 이들의 정성을 아는지 다음 해 봄날 이들의 집 마당에는 하얀 꽃잎이 눈처럼 흩날렸고 온 동네에 깊고 그윽한 향을 뿜어댔다.

"당장 입원부터 하는 게 좋겠네."

미닫이문이 열리는 소리와 함께 평구의 목소리가 나지막이 들리자 경석의 몸이 움찔한다. 눈을 뜨자 진득한 눈곱이 거미줄처럼 늘어지고 퍼렇게 변해버린 마당 위엔 가로등이 켜져 있다. 대체 얼마나 잠을 잔 걸까 헤아릴 새도 없이 금테안경을 쓴 평구가 껑충한 키를 구부리며 안방에서 나온다. 줄줄이 사탕처럼 복길과 민정도 방에서 빠져나오는 걸 보는데 옆구리에서 뭔가가 꿈틀댄다.

"할부지 일어났어?"

더 자고 싶다는 듯 품을 파고드는 소리의 머리를 쓰다듬는데, 평구가 다가와 "필승!" 경례를 붙인다.

"이 자식아, 오란 게 언젠데 한나절이나 걸려?"

평구 특유의 사람 좋은 너털웃음을 들으니 걱정보다 반가움이 먼저다.

"우리 김경석 해병님 버럭버럭 성격은 여전하시네."

"흰소리 그만하고 어때! 저놈의 여편네 어디가 아픈진 들여다봤지?"

평구는 월남에서 자신의 등을 지켜준 목숨 같은 전우였다. 수백 일을 생사고락하며 누구보다 서로를 잘 알았고 그래서 눈빛만 보아도 경석은 알 수 있었다. 천성이 여려 속내를 감추지 못하는 평구는 답하기 어려울 때마다 저런 표정을 지었다.

"자네 얼굴을 보니 많이 아픈가 보군."

"민정아, 가서 옷가지 좀…."

"옷은 무슨 옷! 옷을 왜 챙겨!"

경석은 평구와 대화를 하면서도 복길이 민정에게 속삭이는 것을 정확히 알아듣곤 날을 세운다.

"듣기 힘든 내용일 것 같아 아드님께 먼저 설명을 했네만 자세한 얘기는 가서 함세."

평구가 끼어들며 경석을 안심시키려 하지만 경석은 평구의 팔을 치우며 여전히 날카롭다.

"여기서 해! 내 마누라 일인데 어디가 아픈지 알고는 가야 할 거 아니야!"

"아빠. 일단은 평구 삼촌 병원에 가서서 정밀검사도 한번 받아 보시고."

"시끄러! 할 말 있음 여기서 하라고!"

경석의 고집을 모를 리 없기에 평구는 복길을 뒤로 물린 뒤 금테안경을 꺼내 쓴다. 이어 왕진 가방에서 빨갛게 체크된 몇몇 종이들을 꺼내 경석에게 건네주자 경석도 돋보기안경을 가져와 쓰곤 세심하게 읽어보는데….

"저번 달에 찍은 MRI 결과도 그렇고 자네가 말한 증상이나 내 소견도 예상했겠지만 치매 증상이 시작된 것 같아."

치매라는 말에 경석은 눈을 질끈 감아버린다. 예상은 했지만 견디기 힘들다는 듯 한참 후에야 눈치 보듯 평구의 얼굴을 바라본다.

"별거 아니로구만. 죽을병은 아니잖아."

"사정이 그렇게 좋진 않아. 악성이라 속도도 빠르고 그런 이유로 이상증세도 훨씬 심하게 오는 것 같단 말이지. 검사를 더 해봐야 알겠지만…."

"그러니까 고칠 수 있단 소리야 없단 소리야?"

"많이 늦었지만 그래도… 기적이란 말도 존재하니까 있는 말 아니겠나."

어쭙잖은 위로라는 걸 아는지 평구는 쓰고 있던 안경을 괜스레 고쳐 쓴다.

기적. 기적이란 말을 되뇌이며 경석은 앞에 선 복길을 바라본다. 바싹 마른 입술을 깨물고 있는 내 아들. 저놈이 경석에겐 첫 번째 기적이었다.

"아빠, 입원수속 다 밟았고 간단한 짐만 챙기시면 돼요. 나머지는 저희가 챙겨 갈게요."

눈이 퉁퉁 부어있는 김 주임과 허리를 끌어안고 있는 손녀를 보며 경석은 곤란하다는 듯 고개를 가로젓는다.

"안 가. 방법도 없는데 병원은 뭣 하러 가."

"이봐. 이런 종류의 병은 환자보다 지켜보는 가족들이 더 힘들어.”

“그러니까 나 편하자고 마누라를 병원에 가둬두잔 말이야, 지금?”

“시설에서 안전하게 보호받는 것도 중요하고. 입원해서 상태를 좀 지켜보자는 거야.”

경석과 평구의 언쟁이 오고 가는 와중 누군가의 울음소리가 점점 짙게 퍼져나간다. 복길은 입을 막아보지만 주체할 수 없는 울먹거림이 터져 나오고 그 바람에 경석과 평구를 포함한 모든 이들이 자신에게 집중하자 입을 막는 대신 아까시나무를 있는 힘껏 발로 차며 분노를 터뜨린다.

“그만 좀 하세요! 아빠는 다 보셨잖아요! 내가 소리 엄마 보낼 때까지 어떻게 살았는지! 죽어가는 사람 보는 게 얼마나 고통스러운 건지 알고나 이러는 거예요? 후레자식 만들지 말고 그냥! 좀! 가라면 가요!”

“어허, 자네 말이 너무 심하잖아!”

말리는 평구를 뿌리치며 복길은 도망치듯 대문을 나선다. 몇 걸음 못 가 갑작스런 토악질에 덩어리를 쏟아내는 그의 입 속으로 잊고 살았던 지독한 기억들이 섞여 후두둑 떨어진다.

두 번의 사업 실패와 아내의 불치병 선고.

6년 전, 빈 링거병을 가지고 노는 소리를 업고 돌아다니며 늘어나는 빚을 메워보려 했지만 그사이 아내의 병원비는 그녀의 뱃속에 찬 복수처럼 부풀어 있었다. 그렇게 2년이란 시간이 흐르고 어느 곳 하나 망가지지 않은 곳 없는 몸을 이끌며 하루 수십 시간을 일하면서도 복길은 빌고 또 빌었다. 제발 아내만 살려 달라고. 예수든 부처든 신이라고 말하는 모든 것에게 빌고 빌었건만 아내는 이름 모를 병에서 헤어나오지 못한 채 혼수상태에서 더는 깨어나지 않았다. 또다시 2년이란 시간이 더해질 즈음 복길의 기도는 달라졌다.

제발 아내를 데려가 달라고….

예수인지 부처인지 아니면 또 다른 신이었는진 모르겠지만 이번에는 그의 기도를 누군가 들어주었고 며칠 지나지 않아 아내는 복길의 곁을 떠났다. 며느리가 흰색 항아리에 담기던 날에도 시아버지는 오지 않았다. 가게를 비우는 것이 탐탁지 않다는 이유로 아픈 내내 병문안 한 번 오지 않았던 사람이다. 그럼에도 아들은 원망하지 않았다. 원래 그런 사람이니까.

"들어보니 내가 좀 많이 아픈가 봐요."

복길이 대문을 박차고 나간 후 누구 하나 입을 떼지 못하던 차, 연화가 정적을 깨며 방 안에서 나온다. 괜찮다는 듯 톤을 높여 수다를 떨어보지만 바르르 떨리는 입술 주변까지는 마음대로 안 되는 모양인지 웃는 얼굴이 꼭 우는 표정 같아 보인다.

그런 연화를 경석은 한걸음에 다가가 자신의 뒤로 끌어당긴다.

"늙으면 아픈 게 당연한 거지. 언제 자네가 안 아프다 한 적 있었어? 배고프다. 밥 먹자. 니들은 뭣들 해? 집에들 안 가고?"

연화를 가리고 막아서는 경석을 평구가 말려보지만 억세게 버티는 그의 힘에 키만 껑충한 평구가 이리저리 흔들린다.

"그만 좀 하게! 이게 고집부린다고 되는 일이 아니잖나!"

"자네야말로 나가란 소리가 안 들리는 게야?"

"이러지 말고 병원에 가자니까!"

"놔! 놓으라고, 이 새끼야!"

흥분한 경석이 대차게 밀어내는 바람에 평구는 저 멀리 담장까지 밀려 나가 텃밭에 나뒹군다. 민정의 비명에 담장 너머 담배를 태우던 복길이 뛰어들어와 보니 흙투성이가 된 평구가 허리에 손을 댄 채 신음하고 있다.

"당신이 뭔데! 당신이 뭔데 우리한테 이러는 건데!"

복길이 악에 받친 듯 울부짖는 틈에 소리가 뜬금없이 박수를 치자 모두가 어리둥절해진다.

"잠깐만! 오케이 나 알았어, 다 모여 봐!"

아까부터 마당 한가운데 우뚝 선 채 혼자만의 생각에 빠져 있던 소리는 이내 해결책을 찾은 박사처럼 손가락을 부딪혀 '딱' 소리를 내고 "어머, 나 천잰가 봐"를 남발하며 오두방정을 떤다.

"김소리 가만 안 있어?"

"아버지야말로 딱 보면 몰라? 할부지가 할머니랑 같이 있고 싶은 거잖아!"

"너 뭐 하는 거야 지금?"

"오늘만 할부지랑 할무니가 같이 있게 해주면 되잖아! 응? 딱 오늘만!"

조르듯 매달리는 소리를 보며 경석은 어질했던 정신을 바로 잡으려는 듯 주위를 둘러본다. 흙투성이가 된 채 끄응대는 평구와 노려보고 있는 아들, 울고 있는 김 주임까지 자신이 저지른 일들을 바라보며 차갑게 식은 이마를 짚는다.

"내가 잘못했어. 잘못했네. 그렇다고 이렇게 당장 끌고 가는 건 너무하잖나."

경석의 젖은 목소리에 복길은 고개를 돌려버린다.

"내가 알아서 할 테니까 조금만 시간을 줘. 응? 내가 이렇게 부탁을 할게."

주름진 손을 비비며 축 처진 눈꼬리를 보이자 평구는 두 손 두 발 다 들었다는 듯 왕진 가방을 주워 든다.

"그래. 일단은 생각 좀 해 봐. 우린 밖에서 기다림세."

"아빠 성격 몰라서 그래요? 이대로 나가면 문 잠그고 안 열어줄 거 뻔한데!"

"복길 씨, 그러지 말고 일단은 나가요. 왕사장님도 생각이 있으시겠지."

"아버지, 낄끼빠빠 몰라? 낄 때 끼고 빠질 땐 빠져야지?"

"다들 흥분했어. 나가서들 바람 좀 쐬잔 말이야."

평구가 내몰듯 이끌며 대문으로 향한다.

"난 할부지 편인 거 알지? 절대! 할머니 놓치면 안 돼!"

소리는 주름 가득한 경석의 볼에 뽀뽀를 한 뒤 대문을 닫는다. 그들이 나가자마자 귀뚜라미 소리가 정적의 빈자리를 채워 나간다. 늘 듣던 매미 소리도, 저 멀리 버스가 지나가는 소리도 아무 일 없었다는 듯 제자리로 복귀하며 여느 때와 같은 보통의 밤을 만들어가자 차분해진 연화가 우두커니 서 있는 남편을 향해 먼저 입을 뗀다.

"미안해요….."

"거! 사람이 왜 이렇게 못났어?"

다정하게 불렀건만 역시나 투박한 구박이 돌아오자 연화는 '이래야 내 남편이지' 하는 표정으로 늘 짓던 미소를 되찾는다.

"어디가 아프면 진작에 말을 했어야지! 왜! 평생을 고생해놓고 왜!"

평소와 다른 점은 그의 굽고 푸석해진 등을 어루만지며 이별을 준비하는 것뿐. 그러고 보니 인연도 이별도 모두 이 아까시나무 아래에서였던 거 같아 그녀는 주마등을 돌아보듯 아까시나무를 가만히 올려다본다.

"거기 병원시설이 그렇게 좋대요. 분수도 나오고 산속에 있어서 다람쥐에 토끼에 새들도 많고. 당신이나 나나 일평생 가게 안에서만 살았는데 언제 그런 구경 해보겠어. 거기 가서 산책도 하고 그러면 되지."

연화는 걸음을 옮겨 냉장고 문을 연 뒤 분주하게 찬거리를 정리한다.

"위 칸은 짠지, 김치, 젓갈이 있구요. 아래 칸엔 당신 좋아하는 밑반찬들 넣어놨어요. 나 없다고 끼니 거르지 말고…."

어느 정도 냉장고 안이 정리가 되자 이번엔 마당으로 문이 열리는 작은방의 원목 서랍장으로 다가간다. 신혼 때 큰맘 먹고 산 이 집 유일의 새 가구였지만 이제는 손잡이가 모두 떨어져버렸다.

"첫 번째 서랍이랑 두 번째 서랍에 당신 속옷이랑 갈아입을 옷들이 잔뜩 들어있어요."

"염병! 그만 좀 해! 그깟 게 뭐가 중요하다고…."

"중요하죠. 이제 당신이 알아서 꺼내 입어야 하는데…."

맨 아래 서랍을 열어보던 연화는 "어머나!" 탄성을 내며 무언가를 꺼내 보인다. 그 바람에 마당에 서 있던 경석도 돌아보는데 연화의 손에는 그 옛날 경석이 허구한 날 입고 다닌 빛바랜 교련복이 들려져 있다.

"이야. 이게 아직도 여기 있네?"

"헌 옷가지 진즉 버리지 뭐 하러 쟁여놔?"

"에이고. 이게 다 추억이겠거니 하고 넣어놨죠."

"추억은 무슨 어제 일도 기억 안 날 나이에…."

"이 교련복… 당신 참 잘 어울렸는데… 다른 건 다 잊어도 당신 이때 모습은 절대로 못 잊어요, 나는."

경석의 품에 안기듯 교련복을 얼굴에 묻어보곤 다시 잘 개어 서랍장에 넣어놓는다. 뒤이어 장롱을 열고 수십 년째 그이와 함께 누워왔던 이부자리를 펴려고 하자 새삼 이것도 마지막이란 생각에 연화는 고개를 숙여 울먹임을 삼킨다. 이내 아무렇지 않다는 듯 익숙한 손놀림으로 반듯하게 편 뒤 접힌 곳은 없는지 다시 한번 정성스레 다져놓곤 짐 가방을 챙겨 들고서 경석을 바라본다.

"갈게요."

마루 기둥을 잡고선 경석은 연화를 쳐다보지도 못한 채 요지부동. 연화 역시 마음 약해질까 도망치듯 신을 신고 마당을 나선다. 늘 들었던 연화의 걸음 소리가 이토록 두렵게 들려오긴 처음이라 경석은 온몸의 피가 아래로 흐르는 듯한데.

"가는데 안 나와 볼 거예요?"

여전히 등을 지고 선 경석을 한동안 바라보다 이내 대문 손잡이를 잡는다. 다시는 돌아오지 못할 것 같다는 생각이 들자 연화는 한 번 더 새겨보려 돌아보는데, 어느새 자신의 코앞까지 다가온 경석과 마주친다.

"가지 마…."

아이처럼 끅끅대는 경석을 보자 연화의 입가로 옅은 미소가 피어오른다.

"가야지요. 애들 밖에서 너무 기다린다."

"나 없이 살 수 있겠어?"

"적응해야지요. 당신은 당신대로. 나는 나대로…."

"나는 못 살아. 둘이서 같이 보낸 세월만 50년이야."

"그만해요."

"이제 김경석이는 자네 없이 못 산다고."

"그만하라니까!"

"가지 마…."

연화는 일그러지려는 얼굴에 힘을 주어 울음을 참아보지만 늘 단단했던 경석의 어깨가 온전히 무너져 내리자 그녀 또한 더는 참아낼 수 없다는 듯 비명 같은 울음을 터뜨린다.

"여보, 어떡해. 나 무서워…. 당신 얼굴, 내 새끼 전부 다 잊어버릴 거라고 생각하니까… 너무 무서워. 나 어떡해요? 나 인제 어떡해 여보! 우리 복길이, 우리 소리 전부 다… 전부 기억 안 나면 나 어떡해 여보! 나 너무 무서워. 나 어떡해!"

"내가 있잖아, 이 사람아…."

경석은 이렇게 품에 안기길 바랐다. 그녀가 온전히 자신의 가슴에 안겨 기대어주길 바랐다. 연화를 끌어안자 경석의 다리 엔 다시 힘이 들어갔고 눈물도 멈췄다. 지금껏 느껴보지 못한 거대한 힘이 늙은 몸뚱어리를 휘감는 듯했다. 더는 치매도, 늙음도, 죽음을 너머 그 어느 것도 두렵고 무섭지 않았다. 그는 자지러지는 연화를 부여잡고 일으켜 세운다.

"까먹어도 돼! 기억 못 해도 돼! 이 김경석이 다 기억나게 해줄 테니까! 그 못된 병 내가 고쳐줄 테니까! 어디 가지 말고 내 옆에 있어. 내 옆에만…."

다시금 단단해진 경석의 품에서 연화는 고개를 끄덕인다.

복길잡화점/

혹독했던 지난 저녁의 피로감 때문인지 연화와 경석은 이른 밤부터 곯아떨어졌다. 눈을 감기 전까지도 경석은 연화를 품에 안은 채 달달거리는 선풍기 소리를 자장가처럼 들었건만 지금은 어쩐 일인지 혼자서 온 방 안을 차지한 채 드러누워 있다.

마침 빼꼼히 열린 문틈을 비집고 거실 불이 새어 들어오자 코를 골던 경석의 얼굴이 찡그려지고, 이제 막 샤워를 마친 연화는 수건으로 머리를 돌돌 만 채 한밤중인 경석의 엉덩이를 요란하게 때린다.

"이이가 늦장 부리는 걸 다 보네? 얼른 안 일어나요?"

어제까지만 해도 얼굴에 대충 문지르던 스킨과 로션을 정성스레 펴 바르며, 어쩐지 젊은 여자의 목소리를 흉내 내는 연화를 보자 경석은 이미 진득한 잠을 떨쳐낸 지 오래다.

"이이가 오늘따라 늑장을 다 부리고… 가게 문 안 열 거예요?"

"무슨 가게를 열어 이 시간에! 누운 지 한 시간도 안 지났단 말야!"

계속해서 간드러지는 목소리를 내는 연화를 보자 경석은 기이함에 분노부터 치민다.

"저이가 뭔 꿈을 꿨길래 아직도 정신이 없으실까! 당신 늦잠에 손님들 토큰도 못 사고 발 동동 구르면 어쩌려고 그래요! 빨랑 옷 안 입으실 거예요?"

연화는 되레 정신 좀 차리라는 듯 바깥을 가리키며 따지고 든다. 계속되는 채근에 일단은 옷장으로 향하는 경석이지만 뭔가가 씌인 듯한 행동부터 오밤중에 대체 어딜 가라는 건지 머릿속이 복잡해지기만 하던 차, 그녀가 '치매'라는 사실을 그새 잊었던 경석이 무릎을 치며 정신을 차린다.

"그래, 이 고약한 병마가 드디어 모습을 드러내는구나!"

모시옷을 걸쳐 입고 거실로 나온 경석은 식탁을 닦고 있는 연화를 보자 숨이 턱 막히며 눈 밑이 바르르 떨려온다.

'이런 것이구나.'

치매라는 병과 처음 마주하게 된 경석은 적의 동태를 살피듯 그녀를 기민하게 훑어 내려간다. 연화가 입고 있는 저 옷. 낯설면서 낯익은 저 아이보리 원피스는 무엇일까…. 집중할수록 바랬던 기억이 갓 찍은 폴라로이드 사진처럼 선명하게 피어오른다.

'그래! 저 옷은…!'

소매와 치마 끝이 해져 보풀이 일어났지만 저 원피스는 소싯적 연화가 즐겨 입었던 옷이었다. 지금 연화는 그때의 옷을 입고 새댁처럼 나풀대며 식탁을 닦고 아침을 준비하고 있다. 그렇담 내 눈앞에 보이는 저 여자는 분명 오늘의 연화가 아니라 망할 놈의 병이 데려다 놓은 그때의 연화란 말이겠지.

"마주치는 눈빛이~ 무엇을 말하는지 난 아직 몰라. 난 아직 몰라 가슴만 두근두근~"

처음으로 치매라는 병과 마주한 경석은 아무렇지 않은 척 바지를 추스르고 단추를 잠그고 있지만 속내는 당장이라도 주저앉아 울고 싶을 지경이다. 무엇이든 받아내리라 다짐했건만 기필코 무찔러야 할 적이 인고의 세월을 함께 보낸 동지의 얼굴을 하고 있으니 낯섦과 두려움이 동시에 급습하며 싸우기도 전에 전의를 상실한 패잔병이 되고 말았다. 어지러움에 휘청이면서도 경석은 온 힘을 짜내어 연화에게 다가간다. 그러면서 다짐한다. 어떻게든 오늘의 연화를 찾아야 한다고.

"얼굴에 뭐 묻었어요? 뭘 그리 빤히 봐?"

"어어, 아니 저기 근데 말야. 내가 요새 정신이 없어서 그런데 지금이 몇 년도 몇 월 며칠이지?"

연화는 인디언 부족처럼 엉덩이를 씰룩이며 기이한 춤을 추더니 경석을 덥석 끌어안으려는데, 경석은 갑작스러운 행동이 두려워 그녀를 떨쳐내곤 방문 뒤로 숨어 버린다.

'갑자기 왜 저러는 걸까?' 하는 의문을 풀기도 전 문틈으로 연화의 희번득한 눈과 마주치자 한기가 몸을 휘감는다. 이내 물소처럼 달려들어 경석을 또다시 끌어안자 디스크로 고생 중인 허리가 휘청이며 '끄응' 신음이 흘러나오지만, 그러거나 말거나 연화는 경석의 얼굴 이쪽저쪽에 뽀뽀를 해댈 뿐이다.

"1978년 8월 8일! 오늘 내 생일이잖아요!"

"뭐? 1978년?"

"으유! 올해도 까먹었나 했네!"

생일…. 그래, 8월 8일은 아내의 생일이다. 한데 오늘이 1978년이라 하면 무려 40년 전 아닌가! 지금 내 아내는 일흔 넘은 노인의 몸을 한 채 아이보리 원피스가 잘 어울리던 그때로 돌아가버렸다. 그때와 다른 건 딱 하나, 젊을 때나 지금이나 늘 자기 기분을 감추고만 살았던 사람인데 지금은 온몸으로 표출하고 있다는 것. 이 또한 그놈의 병 때문이겠지만 신나서 방방 뛰는 연화를 보자 그때는 몰랐던 아내의 속마음을 보게 된 것 같아 눈자위가 뜨끈해진다.

"그래. 오늘이 자네 생일이었어."

대문을 열고 나가면서도 78년 8월 8일을 되뇌이는 경석은 골목을 지나 한참을 걸어 어느 양옥집에 멈춰선다. 전화를 받곤 이미 마중 나와 있던 평구는 잠이 덜 깼음에도 거친 숨을 몰아쉬는 경석을 보자 황급히 금테안경부터 낀다.

"어 그래. 괜찮아?"

"나야 괜찮고말고. 늦은 시간에 미안하네만 급히 알아야 할 게 있어서."

"미안하긴, 노인네 밤잠 없긴 피차일반인데…. 말해 봐, 무슨 일 때문에 그래?"

경석이 다급한 말투로 물어오자 평구도 덩달아 다급해진다.

"이 치매 증상이라는 게 정확하게 어떤 건지 설명을 좀 해줘야겠어."

눈까지 반짝이는 그를 보며 평구는 영문을 알 수 없는 그의 생기가 어디서 나온 건지 출처부터 묻고 싶지만 일단은 답부터 내놓기로 한다.

"증상으로는 우선 시공간 구별능력이 급격히 떨어지고 언어장애도 올 수 있고… 수면장애 때문에 낮에 자고 밤에 돌아다닌다거나 심해지면 남들 눈에 보이지 않는 환각이나 환청도 생기지. 자네도 알다시피 가장 큰 문제는 가까운 기억부터 점차적으로 사라진다는 건데…."

"그렇담 사라진 기억을 다시 돌려놓을 수도 있는 건가?"

거침없이 대답을 이어가던 평구가 이번엔 입을 굳게 다물곤 하얗게 자란 턱수염을 만지작댄다. 백발이 되도록 무수한 환자들과 대면했던 그이지만 헛된 희망에 사로잡힌 보호자의 물음에는 들어주는 것이 나을까, 사실을 말해야 할까 지금도 어떤 것이 정답인지 늘 고민되고 갑갑하다. 골목을 비추는 가로등에 경석의 얼굴 위로 여러 겹의 그림자가 비치는 모습을 보며 평구는 할 말을 찾는다.

"그런데 말야. 자네 아직도 녹음을 하나?"

"녹음? 녹음은 왜?"

"김경석 해병님 통신병 때 습관 말이야. 어딜 가든 중요한 일들은 꼭 녹음부터 해두었잖어."

"그땐 그랬지. 근데 왜?"

"매일 증상을 기록해주는 것도 중요하니 그때처럼 녹음이라도 해두라고."

"그래, 알았으니까 하여간 까먹은 기억도 내가 다시 찾아주면 그만이잖아 그치?"

"그게… 우리 참전용사께서 못 할 게 뭐가 있겠느냐마는…."

"그럼 됐어. 두고 보게. 내가 싹 다 찾아줄 테니까."

우거진 밀림을 헤치며 적진에서 살아 돌아온 그때처럼 기세 좋게 뛰어가는 경석을 보며 평구는 심란한 마음 한편으로 또 어쩌면 기적이란 게 정말로 일어나지 않을까 하는 묘한 기대가 부풀어 오른다.

"아, 이거만 마시면 일어난다면서요! 빨리 일어나~"

전등 하나만 켜놓은 복길마트 한쪽에서 민정과 복길이 소주 잔을 기울이고 있다. 취한 듯 비틀거리는 바람에 발밑에 걸린 빈 소주병들이 요란하게 넘어지자 거나하게 취한 복길은 그것을 핑계로 킬킬대며 민정의 가슴에 얼굴을 파묻는다.

"쓰읍! 저리 가요. 소주병 들고 있으니까."

"어어 미안 미안. 저번엔 맥주병이었지. 그때 맞은 혹이 아직도 있어, 여기 봐."

"그러니까 쪼옴! 조금만 방심하면 바로 선 넘는다니까."

"야 김민정! 사귀는 사이에 허그 정도는 할 수 있잖아! 엄마랑도 하는데 왜 그래!"

"또 소리한테 들켜서 망신당하고 싶어요?"

뭐 하나 되는 게 없다며 신세한탄으로 이어지자 조금 미안해진 민정이 복길의 손을 잡아준다.

"12시 다 되어가잖아. 소리 기다리니까 얼른 들어가 보세요."

"아이구~ 내 딸 걱정도 다 해주시구 감사합니다!"

"얼른~ 나도 내일 출근해야 되구."

"알았으니까 딱 10분만…. 오늘 정말 힘들어서 그래."

새끼손가락까지 걸고서야 10분을 허락한 민정이 복길의 빈 잔에 소주를 채워준다. 그것을 단숨에 삼킨 복길이 애교를 부리며 민정 얼굴 가까이 자신의 얼굴을 들이민다.

"근데 말이야~ 너는 내가 왜 좋아? 내 어떤 매력에 빠진 거야?"

"매력은 무슨. 왕사장님이 붙어 있으라니까 붙어 있는 거지."

"뭐?"

"복길 씨 처음 가게 맡았을 때 돈 계산도 못 하는 멍청이라고 옆에 붙어 있으라고 했잖아요."

"와, 너 진짜! 그럼 아빠가 시켜서 붙어 있는 거야?"

또 시작이라는 듯 민정은 마른오징어를 입에 물려주며 한풀 꺾이기를 기다리건만.

"가! 가란 말야! 다 필요 없어! 전부 나만 미워해!"

오징어는 오징어대로 씹으면서 엉덩이에 불붙은 망아지처럼 길길이 날뛴다.

"무슨 말을 못해 정말. 이럴 때 보면 왕사장님이랑 판박이라니까."

"뭐! 너 취했냐? 내가 그 사람이랑 뭐가 판박인데!"

경석과 닮았다는 말까지 듣자 망아지를 넘어 헐크로 변신하는 복길을 보며 참을 인 자 열 번을 새기던 민정도 폭발한 듯 그의 토실한 양볼을 잡고 좌우로 흔들어댄다.

"정말 몰라서 물어요? 툭하면 버럭버럭 성질 고약한 것도 똑같고 고집은 있는 대로 부리고 사사건건 잔소리에 트집은 또 왜 그렇게 잡는지 복길 씨 그러는 거 전부 왕사장님이랑 똑같다구요!"

듣고 보니 요목조목 깔끔하게 맞아떨어지는 민정의 말에 복길은 심장이 쿵 떨어지는 듯하다. 이제야 아버지와 닮아버린 자신을 발견한 것일까? 난생처음 거울을 마주한 강아지처럼 자신의 모습이 낯설고 생뚱해져 낑낑대는 복길을 보며 민정은 너무 때렸나 싶은 미안함이 샘솟는다.

"그래도 자기 여자 사랑할 줄 아는 거 하나만큼은 최고지. 복길 씨도 왕사장님도…."

은근히 띄워주는 민정의 말에 역시나 단순한 복길은 어느새 손가락 하트를 날리며 금세 사랑꾼으로 복귀한다.

"그래도 그렇지. 그 냉혈한이랑 똑같다니까 술이 확 깬다, 술이 확 깨."

"으유, 그만 좀 해요! 복길 씨는 왜 그렇게 왕사장님을 미워하는 거야!"

민정의 말에 복길은 자기 가슴을 아플 정도로 친다.

"그 사람은! 나나 우리 엄마 아플 때 거들떠도 안 본 사람이야. 우리한텐 한번을 살갑게 대해주지도 않았으면서 손님들한테는 헤벌레~ 지금도 봐. 사사건건 내 말에 반대부터 하는 사람을 어떻게 좋아해? 어릴 때나 지금이나 뭐만 했다 하면 파토를 낸다니까?"

왕사장이 복길을 어떻게 대하는지는 민정도 곁에서 숱하게 보아왔다. 어느 때엔 야속하단 생각이 들 정도로 유독 아들에게만 엄격한 그를 이해하지 못한 적도 있지만 그렇다고 한쪽 편을 들어 부자지간을 가를 순 없는 일. 그래서 민정은 언제나 중간이다.

"왕사장님이 또 언제 파토만 냈냐? 복길 씨가 그렇게 생각하는 거지."

"얘가 아직도 왕사장을 모르네. 봐라! 내가 너한테 지금 뽀뽀를 하려고 하지? 귀신같이 나타나서 못하게 할걸?"

"왜 이래 갑자기 징그럽게! 저리 안 가요?"

어떤 대화를 나누어도 기승전 스킨십으로 끝내는 복길을 피해 민정은 질겁을 하며 도망치지만 어느새 혓바닥을 늘어뜨리며 따라붙는 복길의 뱃살에 깔려 발버둥친다.

"오징어 먹은 입으로 무슨! 저리 가요, 주먹으로 후려치기 전에?"

"오늘은 이 영감탱이가 방해를 안 하러 오네? 으헤헤헤헤 키스 타임~"

입을 쩌억 벌려 코까지 먹을 기세로 다가가는 복길과 비명을 지르며 저항하던 민정은 순간 건어물 매대에 덮어놓은 주황색 천막이 부스럭대자 서로를 껴안으며 사색이 된다! 좀도둑이라도 든 걸까 싶은 민정은 무기가 될 만한 것을 집어 드는데 하필이면 전기파리채다. 그나마 기댈 곳은 복길뿐이지만 이미 자신의 꽁무니를 졸졸 따라다니며 '어떡해'만 반복하는 꼴을 보니 이쪽도 글렀다. 나라도 가게를 지키잔 마음으로 머리끈을 질끈 동여맨 민정은 심호흡을 한 뒤 주황색 천막을 있는 힘껏 걷어내며 기합을 내지른다!

"따힛! 나 태권도 1단이다! 누구야! 당장 나와!"

"끄아악 으헥으헥 으헥헥."

먼지를 풀풀 날리며 괴상한 포즈로 튀어나온 소리는 기침인지 웃음인지 모를 이상한 소리를 내면서도 한 손으로는 휴대폰으로 촬영하며 활어처럼 팔딱이는 민정과 복길을 연신 찍어대기 바쁘다.

"뭐야! 너. 거기서 뭐 해!"

"뭐 하긴 증거확보 중이지! 할부지가 내 말을 안 믿잖아!"

"아유, 이 먼지 좀 봐. 이리 와 언니가 털어줄게."

"잘해주지 마! 이런다고 내가 안 이를 거 같애?!"

"요게 진짜! 사사건건 파토 내는 건 아주 지 할애비랑 꼭 닮았어 그냥!"

"야, 이놈들아!"

별안간 입구에서 들려오는 경석의 불호령에 놀랄 새도 없이 펑! 하며 마트의 모든 불이 켜지자 복길과 민정, 소리까지 부신 눈을 찡그리며 주위를 둘러본다.

"집 놔두고 왜 여기 와 있어! 사람 헛걸음하게! 김 주임은 또

뭐고?"

"보… 복길 사장님하고 야간작업을 좀 할 게 있어서 남았습니다."

"야간작업은 무슨 야한 작업이겠지! 할부지! 이게 바로 현장 검거!"

복길은 벌여 놓은 술판을 가리랴, 소리의 입을 막으랴, 경석의 눈치를 보랴 정신이 없는 와중에도 민정의 귀에다 대고 "내 말이 맞지? 사사건건 방해하는 영감탱이"라며 낮게 속삭인다.

"일동 주목! 내 긴히 할 얘기가 있으니 다들 좀 모여 봐."

목이 타는 듯 생수 한 병을 집어 끝까지 비우는 경석을 보자 민정은 뭔가 심상치 않은 일이 벌어질 듯하여 서늘한 땀이 흘렀다. 아무 생각 없는 복길은 하품을 하며 졸린 눈을 비빌 뿐이다.

"왕사장님 혹시 무슨 일 생긴 건 아니죠?"

"뭔 일이 나도 단단히 났지. 다들 모여 봐, 김 주임은 칠판 좀 가져오고! 얼른!"

심각한 결정이 있을 때마다 나오는 경석 특유의 묵직한 탁성을 듣자마자 눈치 빠른 민정은 조교처럼 칠판을 끌고 나와 경석 앞에 대령하고, 소리는 복길 옆에 쭈그리고 앉아 심심한데 잘됐단 표정으로 귀를 쫑긋 세운다. 경석은 칠판에 붙어있던 영수증과 거래명세서들을 거칠게 떼어낸 뒤 검정 펜으로 커다란 U자 모양의 한국지도를 그린 다음, 서울 즈음에 별표를 치고 부산 즈음에 별표를 친 뒤 말했다.

"여기…."

"정답! 나 알아! 서울! 코뤼아!"

"그럼 요 아래에 있는 요거는?"

"정답! 나 알아! 부싼!"

"그렇지! 여기 서울이 복길마트라고 치자고. 그러니까…."

경석이 서울에 그려놓은 별표 옆으로 '복길마트2023'이라 적는 걸 보며 복길의 표정은 급격히 어두워진다.

"니 엄마 기억이 서울에서 부산까지 밀려 내려왔다 이 말이야."

경석은 부산 지점에 그려놓은 별표 옆으로 '복길잡화점1978'이라 적고 화살표를 그어 밀려났음을 표시한다.

"지금 니 엄마 기억이! 2023년도 복길마트에서 1978년도 복길잡화점까지 쭈욱 밀려났다고!"

"우씨! 그럼 서울까지 치고 올라가야지!"

소리가 벌떡 일어나 주먹을 불끈 쥐자 경석이 제대로 짚었다는 듯 소리를 가리킨다.

"바로 그거야! 이 낙동강 방어선에서 기억이 밀려 버리면 그대로 끝이야!"

소리와 경석이 손을 맞잡으며 흥분하는 사이 복길은 주머니에 손을 꽂은 채 시비 거는 사람처럼 경석에게 다가간다.

"아빠도 그만 좀 하세요! 지금 무슨 말을 하는 겁니까? 오밤 중에!"

"이런 저저! 늬 자식도 알아듣는 걸 애비가 못 알아들어? 모지리 같으니라고!"

"뭐 모지리? 아오 내가 진짜 오늘 한번 들이박고 막장드라마 한번 찍어?"

당장이라도 싸움으로 번질 기세가 보이자 보다 못한 민정이 경석부터 말리려 다가서는데, 경석이 내뿜는 후끈한 열기와 단단한 몸이 만져지자 말리는 건 퉁퉁한 쪽인 복길이 수월하겠단 생각을 하며 발길을 돌린다. 순간 절대 놓아주지 않을 듯이 손목을 부여잡은 경석이 그녀를 돌려세운다.

"민정아!"

'10년 넘게 보아왔던 왕사장님께서 이토록 간절하게 나의 이름을 부른 적이 있었나?' 찰나의 시간 동안 민정은 기억을 되짚어본다. 이런 목소리, 이런 눈빛으로 자신을 바라본 건 아무래도 오늘이 처음인 듯싶다.

"도와줘…. 김 주임이 도와줘야 돼. 나 복길 엄마 기억 꼭 찾아줄 거야."

민정은 어떻게 해야 할지 몰라 어깨를 움츠리면서도 지금 이 노인의 진심을 정상과 비정상으로만 나누고 있는 자신이 바보 같다고 느껴졌다. 사랑하는 사람을 위해 마지막으로 해주고 싶은 무언가가 있어 저렇게 몸부림치고 있는 것인데, 그 방법이 설령 말도 되지 않는다고 해서 거절한다면 나 역시 먼 훗날 이 남자와 같은 상황을 맞이했을 때 서러울 것 같았다. 미치도록.

"네, 제가 도울게요."

"야, 김민정 너까지 왜 그러는데!"

복길이 뜯어말려 보지만 민정의 눈도 경석의 눈처럼 알 수 없는 생기로 가득해지자 복길은 아연실색하며 뒷걸음질 친다.

"좋아, 시간 없으니까 질문은 생략! 잡화점 때 쓰던 물건들 그대로 있지?"

"네? 예…. 왕사장님께서 하나도 버리지 말라고 하셔서 창고에 따로 챙겨 놨어요."

마트 밖으로 나온 경석은 사탕이 가득 담긴 지팡이를 지휘봉처럼 휘두르며 창고를 가리킨다.

"들어가서 죄다 꺼내 와. 팔다 남은 물건부터 하여간에 잡화점 때 썼던 거는 전부 꺼내 와. 예전 잡화점 자리에다 다시 복길잡화점을 세울 거라고. 것도 해 뜨기 전에!"

"돌아버리겠네."

복길이 빈 맥주 캔을 발로 차며 분노를 숨기지 않는다. 아까부터 휴대폰만 뒤적이던 소리는 "찾았다!"라며 사진첩에서 예전 아빠가 보내준 복길잡화점의 사진을 보여주었다.

"이대로 꾸미면 되는 거잖아, 맞지?"

"바로 그거야."

경석은 손주가 예뻐 죽겠다는 듯 볼을 꼬집고 볼에 쪽 뽀뽀까지 해준다.

"해 뜨기 전까지 옛날 그 자리에 있던 잡화점 건물에다 다시 만들어 놓을 거야!"

"레알 복길잡화점 리턴즈네! 할부지! 벌써부터 존나 재밌어!"

소리와 민정이 천막 창고로 달려가자 흙바닥에서 먼지가 풀풀 일어난다. 복길은 남은 소주를 벌컥이며 숨을 고르고, 어색하게 남게 된 부자 사이에는 묵직한 공기만 흐른다.

"차라리 어디 여행을 다녀오세요. 바람도 쐬시고…."

"평생 이 안에서만 살았는데 놀러는 가서 뭐 해. 그런다고 니 엄마 기억이 돌아와?"

"치매가 건망증이에요? 아빠가 무슨 기억을 찾아주는데!"

목구멍까지 차오르는 말을 그는 더 이상 잇지 않는다.

그날 경석은 평구의 표정에서 연화의 치료가 불가능하다는 것을 알 수 있었다. 그건 연화를 잘 알아서가 아니라 평구를 잘 알고 있기에 짐작 가능한 일이었다. 그래도 차마 불가능하단 말을 입 밖으로 내고 싶지 않았다. 평구 말대로 기적이란 게 아직 남아있으니.

"괴뢰놈들 손에 부산까지 밀려 낙동강만 남겨두고 있을 때

한국은 전부 끝났다고 했어. 근데 봐. 인천상륙작전에 서울수복까지 열흘밖에 안 걸렸다고? 뭐든 해보지 않고는 모르는 일이야!"

"내 입장에서는요! 치매 걸린 노부모 시켜 잡화점을 여는 꼴이라구요! 무슨 동네 망신을 시키려고!"

"이틀! 최대한 피해 안 가게 할 테니 딱 이틀만 하자. 니 엄마 평생을 앉아있던 그 계산대에 다시 앉히면! 내 장담해. 차근차근 기억해낼 거라고!"

낑낑대며 창고에서 나온 소리가 골동품 같은 물건들을 리어카에 잔뜩 끌고 나온다.

"할부지! 나 너무너무 재밌어! 과거 여행은 처음이거든!"

"서둘러! 해 뜨기 전에 완성 못 시키면 여행도 없는 거야!"

소리와 아버지의 짝짜꿍을 보며 복길은 치밀어 오르는 울화통을 참아보지만, 의지와는 달리 그의 발은 이미 플라스틱 박스를 걷어차버리며 분위기를 험악하게 만든다.

"진짜 내가 참다 참다…. 대체 이제 와서 이러는 이유가 뭐예요? 왜 이러시냐구요!"

"복길아…."

"아빠 지금 미쳤어요! 아세요?"

"복길 씨 그만 안 해!"

이미 폭발할 대로 폭발한 그를 민정이 껴안고 말려보지만 이리 넘어지고 저리 밀려나고 소리는 두 주먹 불끈 쥔 채 복길과 싸울 준비를 하지만 눈에는 눈물이 그렁그렁한 게 곧장이라도 울음을 터뜨릴 듯하다.

"시팔 진짜! 이제 와서 왜 이러는 건데? 이제 와서 엄마한테 못 해준 게 막 후회되고 그래요? 이제 와서? 다 끝난 마당에 이제 와서? 그런다고 누가 알아주는데?"

목놓아 우는 복길로 인해 마트 안의 공기마저 숙연해진다. 한참 동안 서럽게 우는 복길을 묵묵히 보고만 있던 경석은 난장판이 된 주변을 돌아보고는 반쯤 깨져버린 위스키 병을 주워 목을 축인다.

"헐, 할부지 술 마시는 거 첨 봐."

"그래… 미쳤다…. 내가 너무했지…. 그 사람 그렇게 아픈 줄도 모르고…."

경석은 복길에게 다가가 그의 얼굴에 흐른 눈물을 지워준 다음 손주머니 하나를 건네준다.

"뭐예요, 이게…."

주머니를 건네받은 복길은 그 속에 든 것이 인감도장임을 알게 되자 머릿속이 하얘진다.

"못난 남편 만나 고생만 했어. 나 때문에 그렇게 됐는데 내가 고쳐주어야지."

이해해 달라는 듯 경석이 복길의 어깨에 손을 얹는다.

"이틀이면 돼. 이틀 뒤에도 정신 못 차리면 병원 갈 거야. 니 말대로 나도 미쳤으니 같이 받아주겠지…. 이제 나는 마트도 집도 필요 없다. 니 엄마 기억만 다시 찾아주면 돼."

경석이 들고 있던 사탕지팡이를 소리에게 건네준다.

"지금부터 소리가 이틀 동안 소대장이야. 할 수 있지?"

"아오, 내가? 아쉬 반장도 한 번 못 해봤는데. 충성 할부지! 나 너무 설레."

"느이 할멈 올 때까지 얼른 싹 고쳐놓자고."

어둠에 먹힌 시장 속으로 다부지게 달려가는 경석의 뒷모습 은 마치 젊은 시절의 모습을 보는 것 같아 민정은 그가 정말로 과거를 향해 달려가는 게 아닌가 하는 착각에 소름이 돋는다.

복길잡화점의 기적/

언덕이라고 하기엔 낮고 평지라고 하기엔 약간의 오름이 있는 일차선 도로길. 그곳엔 버려진 지 꽤나 오래되어 보이는 난쟁이 건물들이 양옆 길쭉이 줄을 서 있다. 버려진 건물만큼 흉물스러운 게 없다는 듯 사람들은 이곳을 지날 때마다 으스스한 느낌을 받는다지만 저 건물들이 방치되기 전, 그러니까 요즘 사람들이 아닌 옛날 사람들이 살았던 시절에는 그야말로 온갖 물건들이 사고 팔리는 강북 최고의 장터였고 누군가에게는 데이트 코스이자 삶의 터전이었으며 주말이면 수천 명이 북적대던 곳이었다.

자정이 넘은 시각, 과거의 영광을 뒤로한 채 껍데기만 남아 있는 이곳에서 구부정한 허리로 초조하게 서 있던 경석은 다가오는 장식을 보자 기다렸다는 듯 크게 손을 흔든다.

"아유, 어르신. 이 시간에 무슨 일이래요."

하품을 하며 다가온 장식은 수유시장 번영회 회장이자 그 옛날 구두닦이의 아들이다.

"오밤중은 이놈아, 한창 팔팔한 놈이 뭔 잠을 이리 일찍 자! 늬 아버지는 자정 너머까지 구두 닦으면서도 하품 한번 안 했는데…."

"잔소리하려고 불렀슈?"

"좌우지간! 요 건물 지금 비어있지?"

경석이 가리킨 건물은 2층으로 된 아담한 일본식 목조건물로 연화와 함께 처음으로 잡화점을 열었던 곳이기도 하다.

"저기만 비었게요. 여기 전부 다 비어있는 상태인 거 아시면서."

"그럼 말이야, 며칠만 쓰고 줄 테니 그렇게 알고 있으라고."

"예? 여기서 뭘 하시려고…."

건물의 셔터를 올리니 15평쯤 되어 보이는 내부에는 이전 주인이 버리고 간 비릿한 생선 박스와 쓰레기 더미들로 난장판이 되어 있다. 시간이 없다는 듯 팔부터 걷어붙이고 그것들을 밖으로 내던지는 경석을 보며 장식은 복길에게 전화를 건다.

"야, 니 아부지 오밤중에 뭔 가게를 여신단다!"

장식과 통화를 마친 복길은 그야말로 죽고 싶은 심정이다. 정말로 예전 그 자리에서 잡화점을 열 생각을 하다니 미쳐도 단단히 미친 거다. 아들로서 어떻게든 수습은 해야겠고 정신을 다잡아 보려고 하지만 코앞에서 우당탕탕 난리를 피우며 온갖 잡동사니를 끌고 나오는 소리를 보니 이건 뭐 아버지고 딸이고 누가 정상이고 누가 비정상인지 모를 노릇인데 하필 닮아도 지 할애비를 꼭 빼다 박았을까 싶다.

"자자! 앞으로 2박 3일간 여러분이 어떻게 하느냐에 따라서 이 소대장은 악마가 될 수 있고 천사가 될 수 있슴다!"

소리는 어디서 구했는지 해병대 팔각모에 지팡이를 탁탁 부딪치며 소대장 놀이에 푹 빠져 있다.

"너 진짜 한 대 맞을래? 빨리 가서 안 자?"

"아이씨! 고 투 더 세븐티에잇 이얼스 아버지!"

소리를 도와 또 한 짐 잔뜩 꺼내 리어카에 싣던 민정이 뾰로통하게 앉아있는 복길을 보자 기대듯 다가가 앉는다. 그녀의 몸에서 피어오르는 후끈한 열기…. 사람이 이렇게 달아오를 수 있나 싶어 복길은 민정의 얼굴을 곁눈질로 쳐다본다. 분명 소리도 민정처럼 원인 모를 열병에 걸려 있을 것이다. 그래, 이건 바이러스야. 저 영감탱이가 뿌린 노망 바이러스….

"혹시 모르잖아…. 정말 기억이 돌아오실지."

민정의 말에 복길은 인상부터 쓴다.

"말이 되는 소리를 해. 이게 이런다고 해결될 문제냐고. 너까지 왜 그러냐?"

"나…? 왕사장님 눈에서 기적을 봤으니까."

경석과 접촉한 자들마다 괴이한 망상에 사로잡히니 이건 확실히 바이러스가 분명하다.

"정말로 기적이란 게 어떻게 생긴 건지는 모르겠지만 시작은 이렇구나 싶었다니까."

"그만! 적당히 좀 해! 너까지 이러면 여기에 정상은 나밖에 없다고!"

"어이 김복길! 빨랑 안 일어나?"

이성이 끊긴 듯 거품을 문 복길이 달려들자 소리는 "오오오!" 비명을 지르며 창고 안으로 도망을 친다.

"김소리 너 잡히기만 해 봐! 전부 스톱! 그만! 아무튼 못 해!"

"눈 딱 감고 이틀만 하면 복길 씨 하고 싶은 거 다 할 수 있는데도?"

그러고 보니 아빠의 인감도장을 손에 쥐고 있었단 걸 깜빡했다. 손바닥을 펼쳐보니 그토록 바랐던 아빠의 영롱한 옥색 용무늬 도장에서 빛이 나는 것 같다. 이것만 있으면 프랜차이즈 카페의 사장이 되는 건 그야말로 시간문제 아닌가!

"아쒸. 소대장은 개처럼 일하는데 이병 나부랭이들이 미쳐가지고 노가리나 까고 있고~ 당나라 군대 잘 돌아간다~ 잘 돌아가~"

툴툴대며 묵직하게 생긴 나무 간판을 끌고 나온 소리가 씩씩대며 다시 창고로 들어간다. 복길은 널브러진 듯 놓인 나무 간판을 물끄러미 바라본다. 붓글씨로 양각되어 있는 복길잡화점. 자신도 민정도 이 동네 또래들 모두 이 간판을 보며 자랐고 이곳에서 어른이 되었다. 낡고 오래된 만큼 잊고 있던 저 간판이 다시 세상 밖으로 나오자 예전의 기억들이 물밀듯 떠오른다. 나란히 앉은 둘은 부유하는 그때의 기억들을 차분히 둘러보며 과거로 돌아간 듯 감상에 젖었다.

"저 간판만 봤는데도 예전 기억들이 되살아나네. 복길 씨도 그렇지?"

인정하기 싫지만 어쩔 수 없다는 듯 복길이 고개를 끄덕거린다.

"나 말야. 초등학생 때 크레파스 훔치다 왕사장님한테 걸린 적이 있었거든."

"니가? 도둑질을 했다고?"

"응. 선생님은 크레파스 안 가져오면 손바닥 때린다고 하지. 집에 돈은 없지. 그 어린애가 어쩌겠어. 눈치 보다 슬쩍하고 나가려는데 왕사장님이랑 딱 마주친 거야. 겁도 나고 뭐가 그렇게 서러운지 눈물은 뚝뚝 떨어지는데… 살면서 그렇게 울어본 적은 그때가 처음이었을 거야."

민정은 지금도 그때의 기분이 떠오르는지 목소리가 미묘하게 떨려온다.

"근데 있잖아. 왕사장님이 내 손에 든 크레파스를 가만히 보곤 그러시더라. '훔치는 건 안 돼! 돈 없으면 달라고 해. 그건 돼.'"

슬쩍 눈물을 닦으며 웃음을 보이는 민정을 보자 복길도 허심탄회한 얼굴로 말을 잇는다.

"우리 아빠가 그런 사람이야. 남들한테만 잘해주지. 내가 훔쳤어 봐 손목이 끊어졌을걸?"

복길과 민정이 킬킬대는 모습에 배알이 뒤틀릴 대로 뒤틀린 소리는 도저히 안 되겠는지 장난감 판매대에 놓여 있던 무자비하게 커다란 물총을 뜯어 물을 가득 채운다.

"명령 불복종에 대한 벌이다! 안 도와줄 거면 죽어라!"

"아 차거! 김소리 너 뭐 하는 거야!"

순식간에 흠뻑 젖은 복길이 뒤뚱뒤뚱 도망쳐 보지만 다리가 꼬여 넘어지며 설탕 바른 핫도그처럼 흙투성이가 되어버린다. 그 모습을 보며 비명 같은 웃음을 터뜨리는 민정, 반격에 나선 복길이 담벼락에 붙은 수도꼭지를 틀고 호스 물줄기를 쏟아붓자 민정도 소리도 항복을 외치며 쓰러진다. 이겼다는 듯 환호하는 복길에게 이번엔 민정이 소화전을 틀고 쏘아대며 2차전을 시작하고, 소리도 민정 옆에서 복길을 흠뻑 적시는 데 동참한다. 셋이서 오랜만에 웃어본다. 물총을 쏘아대는 민정과 뺏어 든 호스로 요리조리 쏘아대는 소리를 보며 복길은 뜬금없는 행복감에 휩싸이지만, 물세례를 막으려 뭐라도 집어 든 게 하필 복길잡화점 간판이었음에 그는 또다시 복잡 미묘한 감정으로 되돌아온다. 비약일 수 있겠지만 이 간판은 어릴 때나 지금이나 자신을 막아주고 있는 모양새다.

철푸덕.

졌다는 듯 복길이 드러눕자 소리와 민정이 하이파이브 세리머니를 펼치며 와락 껴안는다. 하지만 뒤이어 올라오는 민망함에 딴짓을 하며 갈라서고, 민정은 복길 옆에 웅크리며 얼굴에 남은 물기를 털어낸다.

"우리 식구들 생각난다. 작년에도 여기서 물장난치고 수박 먹으면서 여름 보냈었는데…."

민정의 말에 복길은 인상부터 쓴다.

"내 입장도 생각해줘라. 월급 줄 돈도 없는데 마냥 데리고 있을 순 없었다고."

"알지, 그래서 안타까운 거지. 근데 복길 씨… 우리 가게 매출이 반토막 난 게 저 대형마트 때문일까?"

"당연하지. 몰라서 묻냐?"

"엄마가 그랬어. 아빠랑 나 두고 떠나는 게 무섭다고…."

얘기를 나누느라 신경 쓰지 못한 사이 소리는 무슨 일이 생긴 것처럼 풀이 죽어있다. 물기를 뚝뚝 떨어뜨리며 바닥만 내려다보고 있는 소리에게 민정이 다가간다.

"왜 그래, 갑자기. 어디 아파? 다쳤어?"

"할머니도 그랬어. 아빠랑 나 두고 떠나는 게 무섭대."

"무슨 말이야 그게."

복길의 짜증 섞인 목소리에 소리는 눈물이 나려는지 두 눈에 물총을 쏜다.

"할부지도 무서운 거야. 아빠랑 나 두고 가면 슬프니까."

뜻밖의 말에 복길은 입을 꾸욱 다물고 소리를 외면한다.

"할머니랑 시간여행을 가고 싶은데…. 우리 두고 가면 슬프니까 같이 가고 싶은 거라구."

민정이 토닥토닥 소리의 머리를 어루만지며 복길을 바라본다.

"소리 말처럼 여행 간다 생각하고…. 해요, 같이."

땅이 꺼질 만큼 긴 한숨을 쉰 복길이 얼굴을 벅벅 비비며 마른세수를 한다.

"그래. 왕사장 고집 누가 꺾냐."

복길이 소리 앞으로 다가와 칼각 차렷 자세로 경례를 붙인다.

"이병 김! 복! 길! 이 시간부로 소대장님께 충성을 다하겠습돠!"

그제야 복길을 보며 맑게 웃는 소리가 눈물을 슥슥 지우고 사탕지팡이를 휘두른다.

"그럼! 이 소대장의 명령대로 따를 준비가 됐나!? 김복길! 엎드려뻗쳐!"

요게 증말…. 복길은 꿀밤부터 나가려 하지만 민정의 눈짓에 복길은 투덜대며 엎드린다. 그러자 소리가 민정을 향해 신호를 보내고 둘은 완벽한 호흡으로 복길의 등을 향해 아찔한 점프를 선보이고, 이어 "어이쿠!" 곡소리를 질러대며 복길이 무너져 내리자 민정과 소리의 유쾌한 웃음소리가 밤하늘에 울려 퍼진다.

"뭐가 어떻게 돌아가는질 모르겠네, 참말로."

전봇대 뒤에 숨어 입이 찢어져라 하품을 하던 장식은 피우던 담배를 비벼 끈 뒤 통화버튼을 누른다. 그러면서 틈틈이 전봇대 사이로 경석의 행동을 감시 중이다.

"어디여 인마. 금방 온다면서!"

"다 왔어. 다 왔다고."

"뭔데 개처럼 헥헥대냐?"

순간, 저 멀리 브레멘음악대 같은 실루엣이 등장하자 장식은 실눈을 뜨고 초점을 집중시킨다.

"지금 걸어오는 덩어리가 너여?"

달빛에 엉켜 그림자 같은 실루엣이 벗겨지자 고봉밥 같은 리어카를 붙잡고 낑낑대는 소리와 민정 그리고 복길의 모습이 드러난다.

"아주 미치고 팔딱 뛰겠네! 뭐여, 이것들은 다! 고물들은 뭐 하려고 오밤중에!"

오만상을 찌푸리며 다가온 장식은 민정의 인사를 데면데면하게 받으며 리어카 속 물건들을 마구잡이로 만지자 소리가 '어허!' 으름장을 놓는다.

"삼촌! 손대지 마시오! 뜨거운 맛을 보고 싶지 않으면."

"애는 어떻게 된 게 갈수록 맛이 가는겨. 오늘은 또 뭐. 군인?"

놔두라는 듯 손사래를 치며 장식을 한쪽으로 끌고 간 복길이 담배에 불을 붙여준다.

"옷 입고 목욕했어? 푹 젖었네?"

"알 거 없고…. 아빠가 말야 잡화점을 다시 하고 싶나 봐."

"그러니께 내가 참말로 지금 심란해 죽겠어어! 왜 저러시는 거여, 증말."

"은퇴하시고 심심하니까 그러시는 거라고 이해 좀 해라."

"은퇴하면 심심한 게 당연하지 설레겠어?"

"알았으니까 이틀만 좀 봐줘."

먼지를 뒤집어쓴 채 잡화점 안을 청소 중이던 경석은 "할부지! 우리 왔어!"를 외치는 소리의 목소리를 듣자마자 부리나케 뛰쳐나와 이들을 둘러본다. 황급히 담배를 가리며 멋쩍게 서 있는 복길과 잡화점 물건들로 가득한 리어카를 가리키는 민정, 검둥을 묻힌 채 제법 늠름한 경례를 붙이고 있는 소리까지 든든한 조력자들을 기특하다는 듯 둘러보던 그가 홀린 듯 리어카에 실려 있는 '복길잡화점' 나무 간판으로 다가간다.

"이것들이 그대로 있든?"

"예, 잡화점 때 쓰던 건 재고품까지 전부 다 가지고 왔어요."

지나온 세월만큼 덮인 먼지를 훅 분 뒤 간판 자리였던 미닫이문 위에 걸어놓자 잃어버린 명찰을 되찾은 것처럼 아담한 2층 목조건물 전체가 복길잡화점의 본모습으로 되살아난다. 간판 하나 걸었을 뿐인데도 모든 것이 그때로 돌아가자, 이 거리에 추억이 어려 있는 복길과 민정은 눈자위가 찌르르해지고, 밤공기의 냄새마저 그대로인 것 같아 정말로 과거 여행을 하고 있는 착각에 빠져든다.

"에레이, 온 가족이 쌍으로 미쳤구만."

젖어있던 감정을 와장창 깨부수는 장식의 한마디에 현실로 돌아온 복길이 웃음을 터뜨린다.

"그래. 가족 삼대가 쌍으로 미쳤다. 됐냐."

"그래도 그렇지, 이게 뭐 하는 짓이여?"

"손님도 없는데 무슨 상관이야."

"벨나다 벨나. 하여간에 어르신이 그간 해온 것들이 있으니까 봐준다지만 이틀이여."

"완장 좀 찼다고 쩨쩨하게 구냐."

"쩨쩨하게 생각해도 어쩔 수 없네. 약속은 약속잉께. 이틀 있다 책임지구 원상복구혀놔!"

"알았어, 인마. 김복길 인생 최초로 효도 좀 해보자는데 도와줘라."

떠밀듯 장식을 보낸 복길은 리어카 속 물건들을 잡화점 안으로 옮기며 경석과 민정의 손을 거든다. 입구 양옆으로 구식 진열대를 세우고 옛날 과자와 껌, 불량식품들을 늘어놓은 뒤, 그 옆으로 대나무로 만든 바구니에 쌀과 잡곡을 담고 쌀 한 되 삼천 원식의 가격표를 꽂아 놓는다. 테이프로 꽁꽁 감싼 박스에서는 회수권, 토큰, 나무로 만든 동전통 같은 잡동사니가 가득 들어있고, 그것을 연 경석은 '뭐 이런 것까지 쟁여났어?'란 기특함 반 핀잔 반 같은 칭찬을 하며 잡화점 꾸미기에 열정을 불태운다. 오른쪽 슬레이트 지붕 아래로는 낡은 계산대와 나무 의자를 배치하고 계산대 앞쪽에는 각종 사탕, 껌, 성냥갑을 진열한다. 소리는 아빠의 어릴 적 사진 배경으로 찍혀 있던 복길 잡화점과 현재의 잡화점을 대조하며 입구에 놓을 백 원짜리 뽑기 기계와 아이스크림 냉장고, 손님들의 쉼터였던 널따란 평상의 위치를 칼같이 잡는다. 1cm까지 까탈스럽게 구는 바람에 경석과 복길은 무거운 짐을 들고 왼쪽 오른쪽 미세하게 움직이느라 진땀을 쏟아냈다.

현재 시각 오전 8시.

모두가 쉴 틈 없이 움직인 덕분에 이들은 1978년 복길잡화점을 복원해내는 데 성공한다.

"우라질, 이 가게를 또 보네."

경석의 말에 복길과 민정도 헛웃음을 터뜨린다. 예전 그대로
인 건물과 과거의 잡동사니들이 어우러지며 완벽하게 되살아
난 복길잡화점은 그야말로 박물관에서나 볼 법한 옛날 가게로
재탄생했다. 정말이지 미쳤다는 말밖에 설명할 길 없는 가족이
되어버렸지만 그럼에도 좋았다. 평생을 자식처럼 키운 이 잡화
점에서 아내의 기억을 되찾아 줄 생각에 경석은 온몸에 전율
이 흐르는 듯하다. 짜릿한 건 복길도 마찬가지. 지금처럼 뜨거
운 심장이 뛰었던 적이 언제였더라. 이틀만 지나면 카페 주인
이 되어 있을 자신을 그리며 주머니 속 인감도장을 불끈 쥐어
보인다. 한쪽 구석에서 소리의 잠든 숨소리가 들려오자 민정은
곁에 앉아 무릎베개를 해준다. 피곤할 텐데도 어른들을 도와
밤새 뛰어다닌 소리가 마냥 대견해서 살며시 뽀뽀도 해주었다.

"누가 뽀뽀하래?"

급 부릅뜬 눈으로 민정을 째린다.

"미안. 잠든 줄 알고…."

"잠든 거랑 자는 척이랑 구분도 못함?"

소리는 학교에 가라는 말이 나올까 봐 노심초사하던 중 자
는 척을 택한 것뿐이다.

"대충 마무리됐으니 집에 가서 쉬어들."

"김소리 일어나! 학교 가야지!"

"소리도 밤새 피곤했을 텐데 오늘은 쉬게 해요."

눈치 빠른 민정이 은근 도와주자 잠든 척 열연 중인 소리의 입꼬리가 슬쩍 올라간다. 경석은 연화를 마중 가기 위해 서둘러 집으로 향하고 복길도 소리를 업고 집으로 향한다. 민정도 몰려오는 피곤함에 집으로 향할까 했지만 아무래도 창남이 혼자 있을 게 신경이 쓰여 마트로 발걸음을 돌린다.

"주임님! 저 방금 신고하려고 했어요."

아니나 다를까 하얗게 질린 창남은 민정이 오기만을 기다리고 있었던 듯싶다. 마트의 불은 모두 켜져 있고 창고의 물건들은 아무렇게 꺼내어져 있으니 그럴 만도 했다. 딸꾹질까지 하며 정신없는 창남을 보자 민정은 오길 잘했다 싶으면서도 어디서부터 설명을 해야 할지 몰라 뒷목이 뻣뻣해진다. 한편 연기를 넘어 메소드로 진화한 소리는 복길의 등에서 제대로 곯아떨어져 버렸고 복길은 땀을 뚝뚝 떨구며 고난의 행진을 이어가는 중이다. 그러고 보니 마지막으로 소리를 업고 걸었을 때가 언제였더라. 그땐 무겁지 않았던 것 같은데 어느새 두 발이 질질 끌릴 정도로 자랐구나 싶어 와중에도 기특한 마음이 든다. 종반엔 끌다시피 왔지만 그래도 제 방 침대에 눕히고 나니 성취감이 대단하다.

다시 잡화점으로 가기 위해 나서려는데 책상 위로 이제 막 뜯은 생리대가 널브러져 있다. 까불이에 철딱서니 없는 꼬맹이로만 보였는데 어느새 생리를 시작했다니…. 스스로 무겁게 자라고 있었음을 알게 된 것 같아 그간의 무심함에 가슴이 저려온다.

아내가 떠나간 뒤 소리를 엄마에게 맡긴 복길은 술에 절어살았다. 제정신으로는 1분도 살 수가 없었기에 밥 대신 술을 먹었고 물 대신 술을 마셨다. 어디에서건 기절하듯 쓰러졌고 깨어나면 약국을 어슬렁거리며 수면제를 사 모으는 것이 하루의 일과였다. 하루라도 빨리 소리 엄마 곁으로 가고 싶은 생각밖에 들지 않았다. 그날, 아무리 마셔도 술에 취하지 않던 새벽에 복길은 싱크대 위 선반을 떠올렸다. 그동안 모아놓은 알약들로 엉망이 된 모든 것을 끝낼 수 있겠다는 생각에 머리가 쭈뼛 설 만큼 환희에 차올랐다. 삼키면 몸에서 녹는 시간만큼 더 살아야 하니 아예 아그작아그작 씹어 먹자. 단 1초라도 덜 살기 위해 아이디어까지 짜냈다. 오로지 죽을 생각만으로 선반의 문을 연 복길은 다급히 알약을 찾으러 선반 위를 더듬었지만 기가 막히게도 모아두었던 수백 알의 수면제는 남김없이 사라져 있고 텅 빈 선반을 한참 동안 바라보던 그는 몸의 핏기가 서서히 빠져나가는 기분과 함께 그대로 정신을 잃었다.

그렇게 하루 반나절을 쓰러져 잠든 그가 마른기침을 뱉으며 정신을 차렸을 땐, 그동안 마신 술이 말끔히 깨어지며 극심

한 숙취를 몰고 왔지만 취해서 보지 못했던 많은 것들을 볼 수 있었다. 이를테면 가스레인지 위에 냄비와 그 안에 제법 잘 끓인 찌개, 그리고 방에 있어야 할 소리의 분홍색 의자까지…. 옛날에는 저 의자를 밟고 팔을 뻗어도 소리의 손은 선반에 닿지 않았었다. 그래서 소리가 좋아하는 사탕과 과자들은 늘 선반에 보관했었는데…. 이제 의자를 밟고 서면 선반에 손이 닿을 만큼 키가 자랐다는 거니까 그동안 부모의 부재 속에서도 쑥쑥 자라준 딸을 생각하니 대견함에 눈물이 핑 돈다.

그날 저녁 복길은 아까시나무 아래에서 딸의 고사리 같은 손을 부여잡고 빌고 또 빌었다. 다시는 그러지 않겠다고 맹세하며 어린 딸의 어깨에 기대어 서럽게 울어댔다.

"아빠가 마트에서 일하면 소리는 행복해질 거야."

그때 소리는 턱이 아플 정도로 힘을 주며 말했고 복길은 그 말이 거부할 수 없는 명령처럼 들렸다. 그 말 한마디 때문에 복길은 여기까지 온 거다. 그때 소리의 나이가 열셋이었다. 이제 열일곱이 된 이 아이는 생리대의 사용법을 몰라 애를 먹고 있다. 몇 개는 찢어져 있고 몇 개는 젖어있다. 빨간색 물감이 담긴 비커와 거기에 꽂혀 있는 스포이드 그리고 생리대. 아아, 어떻게 흡수하는지 확인하고 싶던 거구나…. 이럴 때 엄마가 있었음 얼마나 간단한 문제였을까.

어느새 도착한 잡화점 앞에서 그는 빛바랜 나무 계산대를 만져본다. 엄마는 늘 여기에 앉아 지나가는 사람들에게 미소를 지어주었다. 비가 오나. 눈이 오나. 월요일이나. 일요일이나. 국민학교에서 초등학교로 바뀌던 시절, 잡화점과 문방구는 전성기를 달리고 있었다. 온갖 스티커 모음에 백 원짜리 불량식품부터 좌식 오락기까지 잡화점 앞은 아이들의 환호와 탄성이 끊이질 않는 놀이터였다. 엄마는 입구 앞 계산대에 앉아 돈이 없어 잡화점 근처만 맴도는 아이들에게 백 원을 쥐여주었다. 지우개며 딱지며 은근슬쩍 하다 걸린 꼬맹이들의 손에도 백 원을 쥐여주었고, 시험을 망친 아이에게도, 운동회 때 산 병아리가 죽어 눈물을 짓던 여학생에게도, 구름사다리를 타다 팔이 부러진 형제에게도 백 원을 쥐여주며 슬픔을 지워주었다. 어른들에게는 백 원 대신 여름엔 보리냉차, 겨울엔 따뜻한 코코아를 대접했다. 잡화점을 지나갈 때 엄마의 시원한 보리냉차를 받아먹지 못한 사람은 아무도 없었고, 따뜻한 코코아로 손을 녹이지 않은 사람도 없었다. 그렇게 365일 계산대에 앉아 각자의 집에서 풍겨오는 빨래 냄새와 밥 냄새를 맡아가며 그러지 못한 이웃들을 지켰다.

그리고 그때처럼 아이보리 원피스에 머리띠까지 한 엄마가 저 멀리 보리냉차 주전자를 들고 걸어온다. 그때보다 허리도 굽고 머리도 새었지만 다시는 못 볼 줄 알았던 어린 시절의 엄마가 반갑고 애틋해서 복길은 가방을 덜렁대며 달려온 그때처럼 품에 안겨 부비고 싶었다.

"많이 기다리셨죠!"

수백 명의 학생들이 뭉쳐 있던 소풍날에도 엄마는 단박에 나를 찾아내었고 죄다 똑같은 군복을 입고 서 있던 연병장에서도 엄마는 순식간에 나를 찾아 손을 흔들어주었다. 그런 엄마가 코앞에 서 있는 자식을 알아보지 못하자 복길의 얼굴이 금방이라도 울 것처럼 일그러진다. 때마침 비지땀을 흘리며 뒤따라온 경석이 울음을 터뜨리려는 복길을 보자 황급히 칼칼한 웃음을 곁들인다.

"아이고 우리 손님 어서오십쇼!"

합죽이가 된 복길이 속 터진다는 듯 눈살을 찌푸리며 속닥인다.

"인마 태어나지도 않은 자식 못 알아보는 게 당연하지 뭘 질질 짜고 그래?"

여전히 멍한 상태인 복길을 보자 답답하다는 듯 경석은 콧잔등을 찡긋하며 말했다.

"정신 차려! 오늘은 1978년이라니까!"

어째 상황을 전혀 이해 못한 79년생 복길은 어리바리한 표정으로 경석의 속만 태운다. 이때 시원한 냉차를 들고 복길에게 다가온 연화가 함박웃음을 지어 보인다.

"이사 오셨나 봐요. 처음 뵙는 손님이네?"

경석은 일단 복길을 가리고 끼어들며 연화의 시선을 방해하기로 한다.

"이 총각이 요번에 저기 저 집으로 이사왔대! 저번 날엔가 내가 한번 봤어! 그치?"

아무 대답이라도 하라는 듯 옆구리를 푹 쑤시자 복길이 바보처럼 고개를 끄덕인다.

"예, 맞아요. 저기 저 집. 저 집에 이사 온 사람입니다."

"이 친구가 말야! 낯도 가리고 쑥맥이라 말을 어버버하게 해! 당신이 이해하라구."

"그러셨구나~ 이야 우리 남편보다 잘생긴 총각은 처음 보네? 뭐 드릴까요?"

이번에도 연화의 말을 받아 "뭐 드릴까"라며 경석이 응대한다.

"어. 토! 큰! 하나 주세요…!"

토큰을 받고 서둘러 나가려는 복길을 향해 연화가 롤 휴지 하나를 흔들며 재차 부른다. 그 모습에 경석은 얼른 연화의 손에서 휴지를 낚아챈 뒤 복길에게 쥐여준다.

"우! 우리 집사람이! 이 휴지를 싸비쓰로 주라고 해서~"

"싸비…스요?"

"새로 이사 온 사람에게 휴지 주는 게 요 시절 때부터 인기

였단 말야. 휴지처럼 술술 잘 풀리라고 주는 거니까 무슨 일이든 번창하시게."

경석은 연화 쪽을 돌아보며 잘 전달했다는 듯 오케이 사인을 보인다. 연화도 멀리서나마 손을 흔들며 마음을 전한다.

"우리 집에서 휴지 받아간 손님은 다 잘됐거든요! 그러니까 총각도 뭐든 잘될 거예요!"

맹한 표정으로 휴지와 경석을 번갈아 보던 복길이 도망치듯 사라지자 연화는 그의 방실거리는 몸뚱이가 귀여워 죽겠다는 듯 사랑스러운 미소가 번져나간다.

"원 저렇게 수줍음 많은 총각이 파마는 어떻게 했대…"

"사내놈이 영 믿음직스럽지 못해. 저런 친구들은 해병대를 가야 되는데…"

"그나저나 요새는 하도 이사 가고 이사 오는 집들이 많아서 얼굴 외우기가 힘들어."

"그럼. 예전처럼 한동네서 평생을 살던 시대가 아니라고 이젠…"

손에 잡히는 물건들을 정리하던 연화가 문득 고개를 갸웃거린다.

"근데 여보, 우리 가게가 좀 달라진 거 같지 않아요?"

보리냉차를 한 사발 들이켜던 경석이 그대로 뿜으며 급히 연화를 계산대에 앉힌다.

"달라지긴 뭐가 달라져! 지금부터 자네는 아무것도 하지 말고 여기에만 앉아있어!"

"에에? 이이가 왜 이런데?"

"아, 글쎄 서방이 시키면 시키는 대로 해!"

"차암 내. 뭐가 달라졌나 했더니 당신이 달라졌구나?"

계산대로 돌아간 연화가 새침한 표정으로 계산대를 정리하며 말을 잇는다.

"돈 만지면 돈독 오른다고 계산대는 얼씬도 안 하던 사람이 찰싹 붙어서 계산까지 하고."

"어. 그치. 내가 달라졌지. 맞네. 이 잡화점이 아니라 이 김경석이 달라진 거야 허허."

"이유나 물읍시다. 퍽하면 화부터 버럭버럭 내던 사람이 오늘은 왜 이래요?"

"응? 그… 그게…. 생일이라매! 이거 원 챙겨줘도 궁시렁대면 어쩌자는 거야?"

연화는 "아아 생일"을 되뇌이며 이제야 이해했다는 듯 활기찬 웃음이 폭발한다.

"그래서 오늘 마중도 나오구 싸비스가 좋았구나?"

"알면 됐어! 인제 내 말대로 거기 앉아 구경만 하는 거야."

"아이구~ 얼마나 가나 봅시다!"

연화는 정말로 아무 일도 하지 않겠다는 듯 걸상에 기대앉아 턱을 괸 채 바깥 풍경을 훑어본다. 그래, 저렇게 늘 턱을 괴고 사람들을 바라봤었다. 그때의 연화를 이런 식으로 다시 만날 거란 생각도 못했고 바라지도 않았지만 싫지 않았다. 어느 날엔 쌍꺼풀 짙은 눈이 깊어지기도 하고 또 어느 날엔 장맛비에 요동을 치는 흙바닥처럼 탁해질 때가 있었다. 그때마다 경석은 대체 뭘 보길래 그러냐며 얼빠져 있지 말고 정리나 하라는 핀잔을 주곤 했었지만. 오늘의 경석은 연화의 시간을 방해하지 않기로 한다. 그리고 내친김에 용기를 내보기로 한다.

"예쁘구만."

"뭐요?"

"자네는 거기 앉아서 바깥을 바라볼 때가 제일 예쁘단 말이야!"

"당신 술 마셨어요?"

"우라질, 무슨 술을 마셔? 이 사람아."

그때 꼭 해주고 싶었던 말이었노라 고백하면 믿어나 줄까? 늦었지만 이렇게라도 말할 수 있는 지금이 다행이라 생각하며 조금 더 용기를 내보기로 한다.

"거. 내가 많이. 당신 사랑…."

"에헥! 에헥!"

비상이다! 잡화점 어딘가에서 들려오는 소리의 웃음소리에 전봇대 뒤에 숨어 잡화점을 지켜보던 복길도 고백을 하기 위해 두 손을 모아 용기를 내던 경석도 한순간에 사방을 두리번거리며 소리를 찾아보지만 어느새 풍차돌리기를 하며 반대편 길가에서 다가오는 소리를 막지 못하고, 기어이 연화 앞까지 무사착륙한 소리가 배꼽인사를 하고 있다.

"와~ 진짜. 대박! 이뻐요~! 미인! 절세미인! 북창동 며느리 스타일."

"아하하 고마워요! 귀여운 아가씨네?"

소리는 어디서 구했는지 구식 교복에 체육복 바지를 껴입고 느닷없이 탭댄스를 선보이자 연화는 당혹스러우면서도 박수를 쳐주며 기를 살려준다.

"어때요, 할머니? 유튜브 보고 혼자서 배운 건데!"

"자자, 이제 그만 가세요, 꼬마 손님! 어이! 그만! 소대장! 가! 훠이!"

경석의 사인을 본체만체한 소리가 이번엔 잡화점에 들어가 거드름을 피운다.

"주인장! 여기 면도기는 얼마에 판매되고 있는가!"

"거 참! 면도기는 왜!"

"수영장 갔는데 나만 겨드랑이 털을 안 밀었더라고. 엄마가 있어야 그런 걸 알지. 할부지까지 이런 걸로 기죽이지 말아요."

"그래, 알았으니까 백 원만 주고 가!"

"백 원? 와 존나 싸다! 나 한 박스 줘!"

기어이 면도기 한 박스를 챙겨 든 소리가 연화를 향해 배꼽 인사를 한 뒤 잡화점에서 멀어진다.

"참 귀엽게 생긴 학생이네. 그쵸?"

"귀엽긴. 한 대 쥐어박고 싶구만…."

겨우 한숨 돌리려는데 아뿔싸! 이번엔 말쑥한 정장을 입은 진짜 손님이 다가온다. 이제 막 첫발을 내딛는 사회 초년생인 듯 졸린 눈과 피곤함을 물씬 풍기며 가게를 둘러보던 그가 짧은 웃음을 터뜨린다.

"컨셉 좋으시네요."

"예… 뭐… 드릴까?"

"저거 빨간 거 하나 주세요."

경석이 담배 한 갑을 꺼내 청년에게 건네주는 동안 연화는 흐뭇한 미소로 그를 바라보고 있다.

"우리 신사님께서는 정장까지 곱게 차려입고 멋쟁이시네요."

연화의 칭찬에 경석도 거들었다.

"키도 훤칠하니 정장 맵시가 아주 끝내주네요. 멋쟁이야, 멋쟁이!"

경석이 엄지를 치켜세우지만 어째 청년의 얼굴엔 그늘이 가득하다.

"멋쟁이 아니에요…. 그냥 취준생 백숩니다."

"응? 무슨… 백숙?"

"아뇨, 백숙 말고 백수요. 면접 가는 길인데 오늘은 붙겠죠."

계산대에서 이들의 말을 엿듣고 있던 연화는 "면접시험을 보시는구나…" 되뇌이며 껌 한 통을 꺼내 경석의 손에 쥐여준다. 경석은 잠시 무언가 싶었지만 금세 연화의 뜻을 알아차리곤 역시 내 아내라며 헤벌쭉 웃어 보인다.

"자, 잔돈이랑 이 껌."

잔돈과 함께 껌을 받아든 청년이 이게 뭐냐는 표정으로 경석을 쳐다본다.

"아무렴 면접관님 앞에서 담배 냄새 풀풀 풍기면 되겠어요? 들어가기 전에 한 대 태우시고 이 껌으로 입 한번 헹궈야지. 새로 나온 아카시아 껌인데 향내가 아주 좋으니 껌 봉지는 버리지 말고 가슴주머니에 넣어둬요."

청년은 손에 든 아카시아 껌과 경석, 그리고 복길잡화점을 기묘하다는 듯 바라본다.

"그리고 말야, 떨어지면 어때? 될 때까지 하면 되지! 어깨 딱 펴고 절대 기죽지 마셔."

경석의 응원에 주먹을 쥐어 보이며 환하게 웃던 청년이 문득 되돌아와 경석을 다시 부른다.

"그런데요! 혹시 이 잡화점 제가 초등학생 때도 있었죠?"

"허허. 그러고 보니 총각 정도면 기억 날 수 있겠네."

"맞아! 할아버지도 기억났어요. 어? 그땐 아저씨였는데!"

"허허, 꼬맹이도 멋진 신사가 됐는데 나라고 별수 있나. 노인이 될 수밖에."

한동안 서로의 기억 속에서 추억을 나누던 청년과 경석은 어느새 초등학생과 아저씨로 돌아가 있었다. 그때도 쪽지시험을 망쳐 푸르죽죽한 표정을 짓던 자신에게 눈깔사탕 하나를 주며 어깨를 펴라 했던 잡화점 아저씨의 말이 오래도록 남아있었다고 한다.

"무슨 대화를 그렇게 재밌게 나눴대요?"

"왜, 안 껴줘서 서운했어?"

"껌은 내가 줬구만 생색은 당신이 냈으니 서운하죠."

경석은 일부러 입을 삐쭉 내밀며 삐진 척하는 연화가 사랑스럽다. 당장 끌어안고 뽀뽀라도 해주고 싶지만 보는 눈도 있으니 엉덩이를 들이밀고 연화의 옆자리를 차지하는 걸로 만족한다.

"아휴 답답해. 진짜로 하루 종일 착 붙어 있을 거요?"

바보처럼 고개를 끄덕이는 경석을 흘겨보는데 이번엔 장바구니를 든 아줌마가 걸음을 멈춘다.

"아니, 이게 뭐야?! 복길잡화점? 언제 생겼데? 요 앞 복길마트랑 같은 덴가?"

늘어놓은 야채 상자 쪽으로 다가가 이것저것 만져보자 경석과 연화가 반겨준다.

"어서오셔들, 복길잡화점입니다!"

"이야 싸장님, 여기 다 죽은 상권에다 가게를 차리시고 배짱 한번 두둑하시네!"

아줌마의 말에 경석은 보란 듯이 어깨를 펴고 기세등등한 자세를 취한다.

"주인이 손님 잘 모시고 좋은 물건 값싸게 드리면 거기가 바로 최고 상권이지요!"

"크 싸장님 나이스! 명언이네 명언이야. 하여간에 이 무는 성성한가?"

이번에도 경석이 나서는 바람에 어쩔 수 없이 계산대로 돌아간 그녀가 경석을 향해 두 손 두 발 다 들었단 포즈를 취한다.

"이 무는 농장에서 올라온 지 이틀도 안 된 거라 달고 시원합죠!"

"두 개만 줘봐요, 그럼."

경석이 검은 봉지를 탁탁 턴 뒤 무 세 개를 담자 아줌마가 손까지 흔들며 말린다.

"아니, 두 개만 달라니까 왜 세 개를 넣어요!"

"뭘 그렇게 놀래셔, 하나는 덤이니까 깎아 드셔보세요."

"옴마! 뭘 샀다고 덤까지 준대?"

"얼마를 사든 고만큼만 주면 정 없지요. 난 그렇게 장사 안 해. 뭐든 더 드릴 테니 계속 찾아 주십쇼."

경석의 말에 아줌마는 감동을 한 듯 박수까지 쳐 보인다.

"싸장님, 여기 이거 껍데기만 흉내 낸 줄 알았더니 마음씨도 옛날 그대로네!"

"내가 맘 같아선 가격도 옛날 그대로 드리고 싶소만 덤이라도 챙겨줄 테니 들러주세요."

"우리 싸장님 단골 잘 잡았네! 내가 이 동네 유~명한 맘까페 운영자거든! 인플루언서라고 들어는 보셨나 모르겠지만 하여간에 사람들 싹 다 불러올 테니 홍보는 걱정 마셔?"

신바람을 일으키며 아줌마가 떠나가자 흘겨보던 연화가 다가와 경석의 팔을 꼬집는다.

"아주 심심해서 못 살겠네. 당신 정말 나 꼼짝도 못하게 할 거예요?"

"말했잖어, 일은 내가 할 테니 자네는 뭐 기억나는 게 없나 고거만 생각하라고."

"기억? 내가 뭐 기억나는 게 있어야 돼요?"

"그럼! 당연히 있지! 반드시 기억해내야 할 게 있단 말야."

일순 경석의 표정이 진지해지자 연화도 그의 눈을 진중히 바라본다.

"잘 들어, 자네는… 기억을 해야 돼."

"무슨 기억을 해야 되는데요?"

"어떤 거든 좋으니 오늘은 저기 앉아 생각만 하라고."

수수께끼 같은 경석의 말에 연화는 우선 시키는 대로 계산대에 앉아 생각에 잠겨보지만, 대체 무엇을 기억해내야 할까… 도무지 모르겠다는 듯 턱을 괸 채 멍해질 뿐이다.

소리 이야기/

"정말로 파리가 벽에 앉는 소리예요."

늘 조용한 방 안에서 혼자 보내는 하루. 엄마가 하늘나라로 간 뒤에도 소리의 일상은 변함이 없었다. 아빠는 늘 집에 없었고 엄마는 매일 아팠기에 가족을 경험하지 못한 소리는 외로움이나 고독을 알지 못했다. 그래서 소리는 하나도 불행하지 않았다. 혼자서도 재미있는 일들은 넘쳐났고 지금까지 그렇게 자라왔으니까. 혼자 있는 소리는 그것이 일상이고 평범해서 아무렇지 않았지만 어른들은 심각하게 바라보았다.

"파리가 앉는 소리를 니가 어떻게 알아."

일주일에 한 번 엄마처럼 빨래를 하고 반찬을 만들어주는 아줌마는 소리의 가장 큰 스트레스였다. 베란다에서 담배를 피우거나 전화로 욕을 하며 싸우는 건 참을 수 있었지만 자신의 말을 믿어주지 않는 건… 아니, 무시하는 말투는 참을 수 없었다. 아무리 사실을 얘기해줘도 피곤에 찌든 얼굴을 들이대며 퉁명스럽게 화를 냈다. 그럴 때마다 소리는 그 아줌마가 입고 있는 노란색 조끼가 우스꽝스럽다며 놀려댔다. 실컷 놀려주고도 분이 풀리지 않을 땐 아래층에 사는 쌍둥이 여자애들을 불러 같이 놀렸다. 쌍둥이들은 소리가 부르면 언제든 달려와주는 유일한 친구였다. 이들은 소리에게 파리가 벽에 앉을 때 '틱' 소리가 난다는 걸 알려주었고, 벽에 미세한 균열이 생길 때마다 벽지가 찢어지는 소리가 난다는 것도 알려주었다. 이상한 소리들로 가득했던 방 때문에 두려움에 떨었던 소리는 쌍둥이들이 온 후부터 괴로워하지 않게 되었다.

어느 날 노란색 조끼를 입은 아줌마는 술에 잔뜩 취한 아빠를 데려와 소리를 이상한 병원에 끌고 가는 끔찍한 짓을 저지르고 말았다. 진료를 기다리는 동안 소리는 혼자서 수다를 떠는 남자아이를 보며 "저 애 이상해"라고 했고 아줌마는 귓속말로 "너도 이상해"라고 속삭였다. 의사 선생님은 겨울엔 파리도 없고 아래층엔 쌍둥이 여자애도 없다는 말을 하는 바람에 소리는 오랫동안 쌍둥이와 파리에 대해 설명을 해야만 했다. 시간이 갈수록 하얀색 가운을 입은 의사도, 노란색 조끼를 입은 아줌마도, 반쯤 정신이 나간 아빠도, 환자복을 입고 있는 소리도 지칠 때까지 떠들어댔지만 듣는 사람은 아무도 없었다. 너무도 답답한 나머지 모두를 끌고 가서 방에 붙은 파리와 아래층에 사는 쌍둥이들을 직접 보여주고 싶었지만 귀가 없는 사람들과는 더 이상 이야기하고 싶지 않았기 때문에 파리도 없고 쌍둥이도 없다는 거짓말을 하고 나서야 이들에게 풀려날 수 있었다. 아무튼 최악의 기분으로 이상한 병원을 나오는데 소리의 이름을 외치며 같은 반 친구들이 반갑게 손을 흔들자 인사를 나누며 잠시나마 기분이 나아졌지만, 다음 날부터 반 아이들 모두가 정신병자라고 놀리는 바람에 더는 학교에 가고 싶지 않아졌다. 다행히도 이상한 병원에서 학교에 가지 않아도 된다는 말을 해주는 바람에 지독한 따돌림에서 벗어날 순 있었지만, 학교에 가지 않는 대신 소리는 이상한 병원에서 꽤나 어려운 그림들을 그려야 했고 귀가 없는 의사 선생님과 수도 없이 말싸움을 벌여야만 했다. 결국 두 손 두 발 다 든 의사 선생님은 소리에게 그만 와도 좋다는 말을 꺼내야 했고 얼마 지나지 않아 아빠는 소리를 할부지 집에 두고 또다시 사라져 버렸다.

할무니와 할부지는 학교에 가지 않는 소리를 뭐라고 하지 않았지만 복길의 부탁대로 하루 여섯 번 이상한 알약을 챙겨줘야 하는 것에 커다란 불만을 갖고 있었다. 약이 아이를 망치고 있다는 얘기를 잠결에 들은 것도 같다. 알약을 먹은 소리는 하루 종일 잠만 잤다. 약만 먹으면 아무런 힘도 나지 않고 쌍둥이 여자애들이랑 놀고 싶지도 않고 파리도 관심이 가질 않았다. 그저 잠을 자고 또 잠결에 할무니 할부지의 걱정 어린 얼굴을 그렇하게 보는 게 새로운 즐거움이었다.

어느 날 할부지는 약봉지를 들고 평구 할부지 댁을 다녀온 뒤 그것들을 마당에 던지고 짓밟으며 가루를 만들어버렸다. 할 무니는 아빠에게 전화를 걸어 불같이 화를 냈고 평구 할부지는 인제 약을 먹지 않아도 된다고 했다. 대신 아침밥을 먹고 나면 마트에 데리고 다니며 자신의 품 안에 두려고 했다. 소리는 그 곳에서 좋아하는 사람이 생겼다. 쌍둥이들보다도 더 사랑스럽 고 모두가 볼 수 있는 진짜 언니였다. 민정 언니는 소리를 처음 본 날에도 번쩍 들어 자신의 무릎에 앉혀 놓고 귤부터 까주었 다. 하얀 털까지 깨끗하게 떼어낸 귤을 입에 쏙 넣어주는 언니 의 눈을 볼 때면 누가 간지럼이라도 태운 것처럼 웃음이 나왔 다. 언니는 힘도 세서 수박이 든 상자를 들고 뛰어다니기도 하 고 게으름을 피우는 언니 오빠들에게 선생님처럼 화를 낼 때도 있었다. 늘 호통치듯 말을 하는 할부지도 언니 앞에선 차분한 신사가 되었다. 얼굴도 예쁘고 화장도 잘해 인기도 많았다. 소 리의 눈에는 민정 언니의 모든 것이 멋있고 예뻐 보였다. 어른 이 되면 꼭 언니처럼 될 거라는 꿈도 생겼다.

한가할 때 언니는 할부지의 눈을 피해 소리의 손을 잡고 도망치듯 마트를 빠져나왔다. 할부지는 분명 땡땡이 중인 우리를 눈치챘음에도 황급히 고개를 돌려 못 본 척한다는 걸 소리는 알고 있었다. 언니와 함께 있을 땐 모두가 소리를 사랑스럽게 봐주고 있는 것 같았다. 언니가 쉬는 날에는 견디기 힘들 정도로 우울했다. 언니가 없는 소리에게는 아무도 관심을 주지 않는 것 같았고 그럴 때마다 노란 조끼를 입은 아줌마가 떠올랐다. 빈방에서 파리를 쳐다보던 때로 돌아간 것 같았다. 두려움이 커질수록 언니가 더더 보고 싶었고 자꾸만 울고 싶어졌다. 민정으로 인해 소리는 고독과 외로움을 알아버렸다. 어떻게든 떼를 써서 기어이 언니를 할부지네 집까지 오게 만들었다. 그럴 때마다 할무니는 머리를 콩 쥐어박았지만 하나도 아프지 않았다. 어느새 달려온 언니가 가쁜 숨을 내쉬며 끌어안아줄 때 소리는 또다시 사랑받는 아이로 살 수 있었다. 언니와 함께한 시간들이 어찌나 즐거웠던지 6학년이 끝나도록 아빠 생각은 나지 않았다.

그해 겨울방학, 교복을 사고 처음으로 그것을 입어보던 날 할무니 할부지는 내 손주 다 컸다며 눈시울까지 붉혔다. 소리 역시 교복을 입은 모습을 거울로 보며 정말 다 자란 것처럼 느껴졌다. 이 모습을 아빠에게도 보여주고 싶었다. 이렇게 잘 자

란 자신을 보면 분명 아빠도 힘이 날 테고 아빠에게 언니도 소
개해주고 싶었다. 내친김에 할부지네서 같이 살자는 말도 할
셈이었다. 1년 정도 된 시간 동안 집 안의 공기는 꽤나 낯설어
있었다. 이렇게 우중충하고 좁은 곳인 줄 몰랐었다. 습기와 담
배 냄새, 술 냄새가 엉켜 지독한 악취를 뿜고 있었다. 소리는 이
것을 죽음의 냄새라고 생각했다. 아빠는 어디 갔는지 보이지
않았고 소리는 문을 열고 들어올 아빠를 상상하며 교복으로 갈
아입었다. 죽음의 냄새가 교복에 배어버릴까 두려웠기에 창문
을 열었고 끼얹듯 들어온 공기는 희뿌연 먼지를 일으키며 그것
들을 빈틈없이 떠다니게 만들었다.

소리는 숨을 참고 청소를 하기 시작했다. 언니와 함께 있는
동안 청소도 잘하고 요리도 할 수 있게 되었다. 키는 또래보다
훨씬 작았지만 아빠를 이해할 만큼 마음만은 거인이 되어 있었
다. 방에서 의자를 가져와 싱크대 앞에 내려놓는다. 선반 안에
햄 통조림이라도 있지 않을까란 기대로 문을 열었을 때 햄 대
신 수북이 쌓여있는 알약을 보았음에도 당황하지 않았다. 그저
아빠도 노란 조끼 아줌마의 손에 이끌려 이상한 병원에 다녀왔
을 테고 졸음이 오는 약을 받았을 뿐이란 걸 알았다. 이곳, 빈방
에 혼자 있었단 이유로 말이다.

할부지네로 돌아온 소리는 불룩해진 주머니에서 흰 알약들

을 꺼내 아까시나무 아래에 쏟아버렸다. 그리고 할부지처럼 발로 짓밟으며 가루로 만들어버렸다. 한참을 짓밟고 짓밟는데 파란 대문을 열고 들어온 아빠는 소리를 보자마자 꺽꺽대며 다시는 그러지 않겠다는 말만 되풀이했다. 소리는 아빠를 따라 우는 대신 교복을 입은 자신을 보여주었고 아빠가 마트에서 일했으면 좋겠다고 했다. 물론 고독과 외로움을 알아버리는 게 흠이지만 분명 아빠도 언니와 있다 보면 나처럼 사랑받는 사람이 되어 있을 테니까.

소리는 민정 언니가 아빠를 좋아해주길 바랐다. 셋이서 놀이동산에 가는 꿈까지 꾸었다. 엄마가 허락한다면 언니가 내 엄마가 되어주면 좋겠다고 기도를 했다.

언니와 영원히 함께하고 싶었다. 그날이 있기 전까지는….

복길서커스/

"언니!"

"누나!"

"주임님!"

"막내야!"

부르는 호칭은 달라도 반가움 가득 묻은 외침에 민정과 창남이 입구 쪽을 돌아본다. 금세 그렁그렁한 눈으로 장갑을 벗으며 달려든 민정이 동갑내기 사총사를 끌어안고 오래도록 놓아주지 않는다.

"야, 창남이 우는 거 처음 본다."

"뭐야 다들 연락도 없이!"

창남은 이산가족이라도 만난 양 형과 누나들 품에서 흥분을 주체하지 못한다. 그도 그럴 것이 복길이 실시한 정리해고 이

후 한 달 만에 보는 얼굴들이다.

"창남이도 그렇고 주임님도 살이 쏙 빠졌네요!"

"여섯이서 하던 일을 둘이서 하니 살이 안 빠지고 배기겠냐."

"하여튼 피그푸들 대책 없이 자를 때부터 알아봤다니까."

피그푸들은 직원들끼리 쓰는 복길의 별명이다. 8년 전 민정은 이 동네에서 나고 자란 토박이 사총사인 종구, 수양이, 기석이, 덕배를 손수 뽑았다. 그동안 들어오고 나간 직원들과 달리 이들 사총사는 죽이 척척 맞았다. 직장동료보다 같은 반 친구들처럼 격이 없었고 끊임없는 장난과 농담으로 고된 노동을 놀이처럼 만들어냈다. 고맙게도 자신의 말을 누구보다 잘 따라준 이 녀석들을 민정은 하나부터 열까지 모두 제 손으로 챙겼다. 20대를 함께하며 서로의 청춘이 피고 지는 모든 과정을 지켜보았다. 정년까지 이들과 이곳에서 일하는 것이 바람일 만큼 민정과 사총사는 누구보다 서로를 아꼈고 앞으로의 시간들도 함께 영원할 줄 알았다. 복길이 들어오기 전까지는….

"남아있는 사람이 고생이지. 잘린 우리야 몸은 편하니까."

"그나저나 덕배 너 아이마트 면접 봤다며?"

"야 그건 아니지! 우리가 누구 땜에 이렇게 됐는데!"

"아이마트가 뭘 어쨌는데! 우리가 이렇게 된 건 피그푸들 때문 아냐?"

과자들을 펼쳐놓고 수다를 떠는 내내 민정은 꿀 먹은 벙어리처럼 말이 없다. 아직 이들에게 복길과 사귀는 사이라고 고백하지 못했다. 누구 하나 진심으로 축하해주지 않을 거란 생각에 숨긴 것도 있었고, 타이밍을 보는 사이 권고사직의 칼바람도 불었다. 오랜만에 모였어도 여전히 복길의 뒷담화부터 시작하니 더더욱 입을 떼기 곤란한 지경이다.

"그래도 복직시켜준다고 했는데 조금만 더 기다려보자."

"언니! 기대할 걸 기대해요! 그 자식이 하는 말 다 뻥인 거 알면서."

"창남이랑 저는 다음 달부터 체육관 나가기로 했어요."

종구의 말에 민정은 충격을 받은 듯 눈이 커진다. 창남이까지 나가다니…. 종구와 창남이는 운동부 출신 선후배 사이로 창남이를 마트에 데려온 것도 종구였다.

"어차피 저도 다음 달이면 내쫓을 거 아닙니까. 미리 준비해야죠."

사총사가 고등어 토막 내듯 잘려나갈 때 창남 홀로 살아남을 수 있었던 건 정부에서 지원해주는 급여지원금이 남아있어서일 뿐 그도 결국 토막 대기 중인 다음 고등어임을 잘 알고 있다.

"근데 피그푸들 여친 생겼어? 누구랑 통화하는 거 들었는데 애정표현이 장난 아니더라!"

"미치겠다 진짜. 저런 놈 만나는 여자는 등신 천치일 거야."

민정이 음료수를 마시다 켁- 사레가 걸려 기침을 쏟아낸다.

"기석이 너는 그래도 전문대졸 출신인데 전공 살려서 취업 해보지 그래?"

"미술학원도 불경기에 은근 치열해요. 뭐 그렇다고 지원 안 한 건 아니지만."

"수양이 너는 연극배우였잖아. 다시 무대로 돌아갈 생각은 없냐?"

"극단에 있었을 때 무대만 만들었어요. 연기 더럽게 못한다 구."

"나도 아이마트 떨어지면 아버지 세탁소에 들어가야지 별수 있나."

저마다 막막한 앞길에 처음과는 달리 어둡고 침울해진다. 어둡고 침울한 기분은 전봇대 뒤에 숨어 잡화점을 지켜보던 복길도 마찬가지일 터. 혹여 경석이 쓰러지기라도 하거나 큰일이 나면 모든 책임은 자신에게 있기에 눈을 부릅뜨며 잡화점을 예의 주시 중인데 햇살은 따사롭지 밤은 꼬박 샜지 피로와 노곤함에 눈꺼풀이 내려앉는다.

"어머, 저 사람 새로 이사 온 총각 맞죠?"

"응? 누가 왔어?"

"아니, 저기 전봇대 뒤에…."

연화는 계산대 앞에 앉으려다가 전봇대 뒤에서 꾸벅꾸벅 졸 고 있는 복길을 가리킨다.

"아니, 저 자식은 왜 저기서 저러고 있어!"

안에서 새는 바가지 밖에서도 샌다더니 이제는 앞뒤로 비틀대며 헤드뱅잉을 하고 있는 복길을 보자 경석은 혈압이 오르는지 이마를 짚고, 연화는 저러다 넘어지기라도 하면 어쩌냐며 서둘러 다가간다.

"거기 총각! 여기 넓은 평상 놔두고 왜 거기서 졸아요!"

"어허! 내버려둬! 누구 기다리나 보지! 원 사람 오지랖은."

연화가 큰 소리로 외쳐보지만 선 채로 숙면 중인 복길은 꿈쩍도 않는다.

"이리 앉아서 편하게 쉬다 가요! 눈치 보지 말구!"

연화는 얼른 모시지 않고 뭐하냐며 경석을 채근하고 마지못해 복길에게 다가간 경석은 여전히 졸고 있는 복길의 옆구리를 푹 쑤신다.

"어우, 아퍼. 왜요? 아빠. 문제 생겼어요?"

"니가 문제다. 니가 문제야…."

괜찮다고 손사래를 치는 복길에게 경석이 인상을 쓰자 고분고분하게 다가와선 평상에 앉는다. 연화는 가지고 온 보자기를 풀러 냉차를 따른다. 시원한 얼음까지 동동 뜬 진갈색의 보리냉차를 받아든 경석이 복길에게 건네주자 크- 소리까지 내며 단숨에 비워낸다.

"우와. 이거 어렸을 때 먹었던 맛 그대로다! 아빠 저 주전자째 주세요, 민정이도 갖다 주게."

"요런 뻔뻔한 놈을 봤나."

연화가 보지 않게 복길의 머리통을 놋그릇으로 후려친 뒤 내쫓으려는데 지저분한 옷에 땀범벅인 건설노동자들이 잡화점 앞을 왁자지껄하게 지나간다.

"식당 밥이 저래서 장사가 되겠어?"

"그런 놈이 네 그릇이나 퍼먹고 왔냐?"

"젠장, 맛있었음 여섯 그릇이었다고!"

거친 욕설을 섞어가며 농담을 주고받던 그들이 복길잡화점을 보곤 한층 더 목소리를 높인다.

"이야 이 건물 좀 봐! 복길잡화점?"

"언제 이런 게 생겼대? 여봐 여기 평상까지 제대론데?"

"속지 말어~ 이런 데가 요새는 더 비싸다고. 추억 판다 어쩐다 하면서."

이때, 계산대 아래에서 보자기를 꺼내온 연화가 그들을 향해 손을 흔든다.

"우리 일꾼들 이리 와서 시원한 냉차 좀 드시고 쉬다 가세요!"

나긋한 연화의 목소리가 묻혀버리자 경석이 목청을 높이며 불러세운다.

"거 다들 시원한 냉차 한 그릇 하고 가요!"

쩌렁한 경석의 목소리에 그제야 돌아보는 사내들이 걸음을 멈춘다.

"어르신 뭐라고요?"

"아, 날도 더운데 진짜 보리냉차 한 사발 들고들 가시라고!"

"뭐 공짜라면 사양 안 하지요!"

경석은 평상에 앉아 졸고 있는 복길에게 저리 가라는 듯 손짓을 하고선 노란색 양은주전자와 놋그릇을 평상에 내려놓는다.

"이야, 이거 보리냉차 먹어본 지가 언제 적이냐."

"얼음까지 동동 뜬 게 보기엔 제대로인데?"

저마다 한마디씩 칭찬을 늘어놓자 냉차를 따르던 경석의 입가가 올라간다.

"이 냉차로 말할 것 같으면 우리 마누라가 직접 보리를 볶아 끓인 거라 파는 거랑은 맛부터 다르지요!"

경석은 사내들의 덩치에 맞게 차고 넘치도록 따라준 뒤 으레 반응을 기다린다. 한 사발 가볍게 비워낸 그들은 보약이라도 마신 듯 감탄을 내뱉으며 보리냉차의 맛에 엄지를 치켜세우는데 경석은 응당 그 반응을 기다렸다는 듯 눈을 찡긋하며 히죽댄다.

"어르신 나 한 그릇만 더 마셔도 됩니까."

"되지요! 두 잔도 세 잔도 떨어질 때까지 드릴 테니 걱정하지 마셔."

세 번째 그릇까지 비워낸 노동자 중 하나가 보리냉차로 가득 찬 배를 내밀어 보인다.

"아까 내가 한 말은 취소! 여기는 흉내만 낸 게 아냐! 진짜야 진짜."

경석은 노동자의 넉살에 크게 웃어 보인 뒤 주변을 가리킨다.

"여기 이 동네가 다 좋은데 그늘이 없어요! 다행히 우리 잡화점 평상에만 시원한 그늘이 지니까 언제든 쉬다 가셔. 퇴근 길엔 막걸리도 한잔 시원하게 하시고."

계산대로 돌아간 경석이 자리에 앉자 연화는 손수건으로 경석의 목덜미 땀을 연신 닦아준다.

"저기 좀 봐. 저 노인이 어떻게 살았는지 얼굴에 쓰여 있잖어."

"그러게 말야. 껍데기만 따라 한 줄 알았더니 인심도 옛날 그대로 빼다 박았구만."

놋그릇 잔을 한데 모아 평상 앞에 놓아둔 사내가 천 원짜리 한 장을 놋그릇 속에 꽂아둔다.

"물 한 잔 준 거 가지고 돈을 두고 가는 게 뭐람. 이럼 베푼 게 아니잖어, 쯧."

연화가 잡화점 안으로 들어간 사이 놋그릇을 챙기러 나온 경석은 평상에 앉아있는 복길을 보자 잘됐다는 듯 귓속말을 건넨다.

"오늘은 이만 들어갈 테니 그리 알고 있어."

할 말이 끝난 경석이 잡화점으로 들어가려는데 복길이 물었다.

"아빠, 옛날에도 이렇게 장사하셨어요?"

가라앉은 복길의 목소리에 경석은 무슨 뜻이냐는 듯 고개를 갸웃거린다.

"무도 그렇고 휴지에 껌에 냉차까지 다 퍼주면서 장사했냐고요."

"그럼. 장사를 이렇게 하지 어떻게 해."

"제 말은 이거 퍼주고 저거 퍼주면 남는 게 있냐구요."

"원 새삼스레. 뭐라도 남았으니 너도 키우고 마트도 세웠지?"

시답잖은 질문이라는 듯 뒤통수를 긁으며 멀어지는 경석을 보자 복길은 코웃음이 나온다. 하긴 뭐라도 남았으니 동네서 제일 큰 마트까지 열었겠지 싶다. 이해가 안 되면서도 이해할 수밖에 없는 저 인간은 확실히 자신과는 결이 다른 종족이다.

"아유! 답답해 진짜~ 배달 없어요, 오늘은?"

다시 찰싹 붙는 경석을 향해 연화가 몸서리를 친다.

"배달은 무슨, 슬슬 정리하고 들어가자고."

"에에? 아직 해도 안 떨어졌는데?"

"자네 생일인데 오늘은 일찍 끝내고 좀 쉬자구!"

"정말…?"

"아 뭐 해! 안 일어나고! 사람이 이거 속고만 살았나!"

정말이라는 듯 셔터까지 내리려는 경석을 보자 연화는 쑥스러운 웃음을 지어 보인다.

"나… 사실 기억났어요!"

연화의 말에 경석은 번개에 맞은 것처럼 오금까지 저려 오며 하마터면 바지에 실례를 할 뻔한다.

"기! 기억이! 기억이 난 거야?"

"응, 당신이 그랬잖아요. 내가 뭐라도 기억을 떠올려야 한다고."

"당연하지 이 사람아, 자네 기억 때문에 내가 이 난리를 친 건데!"

연화의 입에서 털이 쭈뼛 설 만큼 반가운 말이 들리자 경석의 심장이 다시금 쿵쾅댄다.

"그래! 어서 말해 봐. 무슨 기억이 떠올라?"

"나는 생생한데 당신이야말로 기억이 나려나 모르겠어요."

"아유, 알았으니 일단 말부터 꺼내보라고 뜸들이지 말고!"

얼굴이 새빨개질 정도로 흥분하는 경석을 보자 연화의 목소리도 덩달아 들떠간다.

"언젠가 내 생일날 요 앞 서커스장에 데려가 주겠다고 약속한 거 기억나요?"

"뭐? 서커스를 보러 가자고 했다고? 내가?"

연화의 말을 곰곰이 생각을 해보지만 이번엔 그가 기억나질 않는다. 영 모르겠단 표정을 짓는 경석을 보며 연화의 달뜬 목소리도 추욱 가라앉는다.

"거봐 내 이럴 줄 알았어. 아 왜에~ 우리 가게도 차리고 자리 좀 잡히면 당신이 서커스장에 꼭 데려가겠다고 했잖수."

원했던 답은 아니지만 그래도 뭐든 기억을 해냈으니 절반의 성공이다. 하지만 수많은 기억 중에 하필 서커스가 뭐람…. 경석은 구시렁대며 콧잔등을 매만진다. 그러다 문득 경석의 이마 위로 찌릿한 기억 하나가 샘솟자 꼬리를 물 듯 흐려졌던 기억들이 짙어지며 하나둘 되살아나기 시작한다.

"가만있어 보자…. 78년 8월 8일이라…. 8월… 어! 그래! 그치그치!"

그제야 모든 것이 생각났다는 듯 경석의 입에 큼지막한 미소가 걸린다.

"당신 기억이 맞았어! 우리가 잡화점 열고 처음이자 마지막으로 놀러 간 게 거기라고!"

경석이 두 손을 부여잡고 감동에 찬 눈으로 바라보자 이번엔 연화 쪽에서 모르겠단 표정을 짓는다.

"나랑 거길 갔다구요? 언제?"

"당신이랑 나랑 갔었다구! 서커스장! 응? 당신 생일날! 여봐…! 기억이 조금 돌아온 거야?"

"천천히 좀 말해요. 하나도 못 알아듣겠네?"

"거 참! 거기 가서 서커스도 구경하고! 사진사한테 삼천 원 주고 찍은 사진도 앨범에 있잖어!"

"사진을 찍어요? 나랑?"

"그래! 코! 코끼리 앞에서! 이따만한 코끼리 앞에서 말야!"

"대체 누구랑 갔길래 이러는 거야? 설마 다른 여자랑 간 건 아니죠!"

"환장하겠네…. 아 왜 거기서 고만큼이 기억이 안 나 사람이?"

"나야말로 무슨 소릴 하면서 화를 내는지 모르겠네요."

답답한 경석이 안달복달할수록 연화는 점점 힘이 빠진다.

"아, 그래서 데려가겠다는 거요 말겠다는 거요?"

결단을 내려야 한다. 서커스… 서커스를 보러 가자…. 서커스를 보러 가야 한다!

"가야지! 가겠다는 거야! 자. 잠시만 예약을 해야 되니까 기다려 봐!"

문 닫기 전 거리를 좀 쓸겠다는 핑계로 전봇대 뒤에서 서성이는 복길에게 다가간 경석이 한껏 오그라든 목소리로 복길을 부른다.

"왜요? 왜 그러세요."

"복길아. 느이 엄마 기억이 얼추 돌아오고 있으니까 조금만 더 하면 정신 차리겠다."

"예?"

"그나저나 서커스장까지 좀 태워줄 수 있나. 느이 엄마랑 구경 좀 하게."

"서커스요? 요즘도 서커스해요?"

복길이 무슨 말이냐는 듯 되묻자 경석이 골목 너머 길가를 가리킨다.

"저기 저 사거리 옆에 서커스장이 있던 거 같은데!"

"아빠도 차암 언제 적 얘기를 하시는 거예요. 저기 서커스장 없어진 지가 언젠데."

문을 닫다니! 청천벽력 같은 소식에 경석은 말문이 막힌다.

"그러지 말고 놀이동산이라도 가세요, 제가 모셔다 드릴 테니까."

"이놈아 써꺼쓰를 봐야 된다니까!"

"고집 피우실 걸 피워요! 오늘 삐에로가 감기 걸려서 쉰다고 해요, 그럼 되겠네."

"그러면 안 해준 게 되잖아! 분명 해줬는데! 너도 늬 엄마한테 귀에 딱지 배길 만큼 들었잖아. 퍽 하면 떠드는 게 그거밖에 더 있었어? 생일날 서커스 구경!"

"아니, 그럼 뭘 어쩌자는 거예요? 뭐 애들 모아서 서커스라도 하라는 거예요?"

"이런 우라질! 이거 순 맹탕인 줄 알았더니 그런 머리는 잘 굴러가는구만?"

경석의 말에 복길의 코가 맹맹해진다.

"에이, 무슨 농담을 그렇게 살벌하게 해요."

"농담? 내가 너랑 농담 따먹을 군번이냐?"

"설마 서커스를 나보고 준비하라고 하는 건 아니죠!?"

"그럼 누가 해? 다들 어딨어?"

"증말 해도 해도 너무하시네! 가능한 걸 시키셔야지 불가능한 걸 어떻게 합니까!"

"재밌겠다…. 으헤 으헤."

아까부터 뒷골이 쎄한 것이 이상하다 싶던 복길은 담벼락 밑에서 미소를 짓고 있는 소리를 발견하자 사탄의 인형이라도 본 듯 까무러친다.

"할부지 소원접수 완료! 나머지는 이 소대장에게 맡겨줘요! 으헤."

눈을 반짝이며 나타난 소리가 경석의 입장에선 영웅 같고 복길 입장에선 역적 같다. 이건 아냐…. 잡화점도 모자라서 서커스라니! 이 사태를 수습할 수 있는 건 오로지 민정뿐이란 걸 아는지 복길은 도망치듯 마트를 향해 내달리기 시작한다.

"하여튼 일만 터지면 어버버하다 민정 언니 찾고 그게 무슨 남자야 쪼다지."

수양의 말에 모두가 깔깔댄다. 민정도 얼결에 따라 웃긴 하지만 머릿속은 회전목마처럼 빙빙댄다. '이 어지러움은 대체 어디에서 오는 걸까. 그래 더워서야, 내 남자친구 때문이 아니라 여름 때문이야.' 펼쳐놓은 과자는 금세 눅눅해졌고 땀범벅인 사총사들은 더운 줄도 모른 채 대역죄인 복길 성토에만 열을 올리고 있다.

"그나저나 복길마트도 정말 끝났나 봐요…."

다들 직업병이 남아있어 입구의 자동문 소리만 들려도 몸이 움찔움찔하건만 2시간 내내 손님은 겨우 세 명뿐이었다.

"결국 제일 짠한 건 민정 언니 아니겠어?"

마트가 없어지면 누구보다 가슴 아파할 게 민정임을 알기에 사총사와 창남은 민정에게 하고 싶은 말이 많다.

"우리도 우리지만 주임님은 진짜 청춘을 다 바쳤는데…."

"언니도 미리미리 취업준비 해놓으세요. 우리처럼 한순간에 백수 되지 말구."

자신에게 측은함이 집중되자 계면쩍어진 민정이 톤을 올린다.

"그동안 위기가 없었던 것도 아니잖아? 우리 가게 쉽게 무너지지 않아."

"희망사항은 저희도 같죠. 그치만 주임님도 슬슬 현실적으로 생각하셔야 덜 상처받아요."

아까부터 오징어를 신경질적으로 뜯던 창남이 픽 하고 웃으며 시선을 주목시킨다.

"나는요! 우리가 이렇게 된 게 대형마트 때문이라고 생각 안 해요! 다 그 사람 때문이지."

"나도 창남이 말에 한 표. 왕사장이 계속 운영했으면 어떻게 든 살려냈을 거라고 봄."

"피그푸들이 있는 한 우리에게 미래는 없습니다."

종구와 수양이도 창남의 말을 거들며 복길 뒷담화에 깔끔한 마무리 멘트를 날려버린다. "그래, 그 미래 없는 남자가 내 남 자야"라고 속 시원히 얘기하고 싶지만 민정은 입술을 깨물며 말을 삼킨다. 남들이 내 남자 욕하는 걸 듣고 싶은 여자가 어디 있으랴만 욕먹을 짓만 골라서 하고 다닌 남자친구를 욕 안 할 사람 또한 어디 있으랴 싶다. 그러니까 이건 쌍방이고 복길의 등신 여자친구는 입을 다물고 있는 것이 상책일 뿐인 이때, 입구의 자동문 열리는 소리가 들려오자 모두의 고개가 그곳을 향하고, 입구에선 손님이 아닌 빨간색 팔각모를 쓴 소리가 환호성을 지르며 달려오고 있다.

"으헥! 하나 둘 셋 넷 다섯 여섯! 언니 오빠들 다 모였네?"

뒤따라 들어온 복길은 본인이 손수 자른 직원들이 모여 있자 민망함에 멈칫하고, 사총사 역시 싫은 티 팍팍 내며 인사를 한 뒤 서둘러 자리에서 일어난다.

"안 그래도 저희 가려고 했어요. 그만 가자."

"주임님! 창남아! 다음에는 밖에서 만나요."

다들 민정과 창남에게 위로 같은 인사를 건넨 뒤 복길 옆을 차갑게 지나 입구로 향하자 소리가 달라붙어 엄지손가락을 치켜든다.

"서커스 놀이할 사람 여기 여기 붙어라! 언니 오빠들 진짜 신나는 일이 있는데 나랑 서커스 놀이할래?"

신이 나서 가만있질 못하는 소리가 방방 뛰며 사총사 주변을 맴돈다.

"미안, 소리야. 우리는 이제 여기에서 놀 수가 없어."

"다음에 또 보자, 잘 있어."

사총사의 냉랭한 거절에 소리의 얼굴은 무표정으로 변해가고, 복길은 그런 소리를 본체만체 민정부터 찾는다. 저 구석, 홀로 돗자리에 앉아 맥주를 홀짝이는 민정을 발견하자 복길은 지금까지 쌓인 불만을 토로하려 시동을 걸지만, 웬일인지 민정의 눈썹이 매섭게 올라가며 복길의 입을 검지와 엄지로 집어버린다.

"복길 씨는 도대체 투정부리는 거 말고 혼자서 할 줄 아는 게 뭐예요?"

처음 보는 민정의 정색에 칭얼대던 복길이 얼어붙는다. 점점 슬픈 눈으로 변해가는 민정을 보며 무슨 일이 있었냐고 묻지만 민정은 걱정스럽다는 그의 말투마저 짜증스럽다는 듯 고개를 돌려 외면해버린다.

"제발… 뭐라도 해봐요…. 투정만 부리지 말고."

똑 떨어진 눈물 한 방울을 남기고 민정이 멀어진다. 불현듯 부끄러움이 후욱 끼쳐오며 복길은 고개를 들 수가 없다. 민정의 말대로 고자질을 하기 위해 쪼르르 달려온 자신이 한심스럽게 느껴져 못 견디겠다. 그녀가 울분처럼 쏟아낸 말은 나를 위해 진심으로 한 말이다. 그러니까 이건 기분 나쁜 지적이 아니라 민정의 남자로서 바꾸어야 할 의무가 있는 셈이고, 그렇기에 복길은 그녀가 원하는 남자가 되기 위해 노력해야 한다. 그래! 인간 김복길이 투정 말고 할 수 있는 게 뭐가 있을까… 잠시 머리를 굴리던 복길이 마트 밖으로 후다닥 뛰쳐나간다.

"저기 말야. 잠시 얘기를 했으면 하는데."

다급히 쫓아 나온 복길을 보며 사총사는 가던 길을 멈추고 돌아본다.

"부탁할게. 오늘 하루 나 좀 도와주면 안 될까. 도저히 혼자 힘으로는 안 되는 일이라서."

의아함 반 어이없음 반인 반응으로 사총사는 눈짓을 주고받는다.

"저희가 왜요."

저 말… 복길이 했던 말이다. 정리해고를 통보하던 날 사총사는 이직을 알아볼 시간을 달라며 한 달 유예를 부탁했고 복길은 "내가 왜?"라며 고민조차 하지 않았었다.

"그치 내가 너희한테 어떻게 했는데. 도와달라니 염치가 없었군. 미안해들…."

무겁게 발길을 돌리는 복길을 보자 사총사의 마음도 영 좋지 못하다. 이런 건 통쾌한 복수가 아니라 어린아이의 유치한 심통인 것 같아 일단은 그의 말을 들어보기로 한다. 사총사가 다시 돌아와 복길 앞에 서니 오히려 쭈뼛대는 건 복길이다. 담배를 피우며 꾸물대거나 부탁 대신 애매한 말만 늘어놓는다.

"어! 그게! 음. 일단… 오랜만에 보니 반갑네. 잘들 지냈어?"

"다니던 직장에서 잘렸는데 잘 지냈겠어요?"

"그치? 그럴 거 같더라."

"부탁 안 하실 거면 가구요."

"해야지! 할 거야! 그러니까 지금 허허 참 내가 다 어이가 없어서 말이 안 나오는데."

요상한 포즈로 뜸을 들이는 복길을 보자 좀 전의 안쓰러움은 사라지고 슬슬 짜증이 몰려온다.

"그게 내가 뭐를 좀 해야 되는데 이게 상당히 좀 뭐랄까 추상적이라고 해야 되나."

차마 서커스란 말이 떨어지지 않는 듯 말을 돌리며 흙빛이 되어버린 그는 연거푸 한숨만 내쉴 뿐이다.

"아우, 답답해…. 됐습니다. 가볼게요."

종구가 모두를 끌고 돌아서려 한다. 역시는 역시다. 일말의 도움이라도 주려 했던 자신들이 바보였지 싶다. 모인 김에 소주나 한잔하자며 뒤돌아 가려는데 언제 서 있었는지 모를 경석이 눈을 감은 채 팔짱을 끼고 있다.

"왕사장님…!"

경석을 보며 사총사는 반가움보단 의아함이 앞선다. 그동안 보아왔던 왕사장 같기도 하면서 아닌 것 같기도 한. 확실히 어딘가 변했지만 콕 짚어 설명이 안 되는 묘한 기운을 품고 나타나자 사총사는 뭔가 기이한 일이 벌어지고 있음을 직감한 듯 안색이 굳어간다. 때마침 마트에서 나온 민정은 모두가 모여 있는 모습을 보자 오히려 잘됐다는 듯 머리를 질끈 묶었다.

"너희들 왕사장님에 대한 존경심이 아직도 남아있냐!"

민정이 꽤나 비장한 표정으로 묻자 사총사 역시 "예!" 망설임 없이 답하며 군인처럼 결연해진다. 응당 그럴 것이 이들은 처음부터 장사의 '신'이라 불린 경석을 존경하며 커 온 동네 아이들이자 장사 꿈나무들이었다. 한때는 여러 TV 프로그램과 신문기사에서 경석의 장사비법을 촬영하고 취재하며 그를 추켜세웠고, 동네에선 그를 스타라고 불렀던 시절도 있었을 만큼 유명세를 탔었다. 사총사 역시 그에게서 노하우를 배우고자 이곳에 왔기에, 롤모델인 경석에 대한 존경심을 묻는 질문은 한 마디로 당연한 걸 묻는 것밖에 되지 않지만, 민정은 다시 한번 왕사장에 대한 존경심을 모두에게 환기시키고 싶었다. 앞으로 들려줄 이야기를 포함, 늙고 무너진 경석의 모습을 보며 단 한 사람이라도 그에 대한 존경심이 변질되는 것을 민정은 보고 싶지 않았기에, 이 질문은 전설이라 불린 경석에 대한 마지막 예우였다. 역시나 수습은 민정이라는 공식이 존재하는 듯 모두를 데리고 들어온 그녀가 왕사장과 복길의 첨언을 빌려 그간의 사정을 들려준다. 복길잡화점부터 서커스까지⋯ 그간의 일들을 공유하자 같은 고민을 앉게 된 사총사는 끄응- 어려운 문제에 펜만 돌리는 학생이 되어버리고, 사총사마저 고개를 흔들자 경석이 근심 어린 주름을 지어 보인다.

"도저히 안 되겠지?"

이토록 간절한 경석의 표정을 본 적 없는 이들은 어떻게든 돕고 싶지만 누구도 대답을 하지 못할 만큼 이번 문제는 답이 없기에 안타까운 침묵만 흐른다.

"내가 헛소리만 늘어놨구먼. 다들 모인 김에 이거나 받고들 가게."

들고 있던 찻잔을 내려놓은 그가 품에서 닳고 닳은 때 묻은 통장 하나를 꺼내든다.

"그간 가게에서 벌어들인 이 돈. 생전 어디에다 어떻게 쓸까 고민이 많았는데 간단한 문제였더구먼. 자네들 덕에 먹고살았으니 남은 건 자네들 것이 아니겠나 싶어."

복길은 아무렇지 않은 척하지만 귀가 빨개지는 건 어떻게 안 되는 모양이다. 평생을 번 전 재산을 외아들인 나에게 물려주지 않고 남에게 써버리다니! 저 고약한 노인네!

146

"김 주임이 공평하게 나누어주도록."

민정을 비롯한 창남과 사총사는 일평생 노부부가 모은 돈을 감히 받을 생각도 없거니와 그래서도 안 된다는 생각에 하나둘 눈물을 터뜨리며 사양하지만 한번 결심한 건 끝까지 하고야 마는 경석의 성미를 알기에 당혹스럽기만 하다.

"아우씨, 그럼 다시 마트에서 일하면 되잖아!"

조금 전, 사총사의 냉대에 살짝 삐져있던 소리가 와중 명쾌한 아이디어를 내뱉는다. 좋은 생각이라며 민정이 통장의 액수부터 확인하는데 공을 세던 민정의 눈이 서서히 커졌다.

"이 정도면 우리 팀 일 년 치 월급은 거뜬하겠는데?"

"그럼 우리 전원 복직해도 되는 거죠?"

"그렇게만 해주시면 저 돈 월급으로 받을게요!"

좋은 생각이라는 듯 여기저기서 박수가 터져 나온다.

"복직만 시켜주심 고객을 끌고 와서라도 정상화해 놓겠습니다!"

"저는 쉬는 동안에도 판매 아이디어 엄청 생각 많이 해놨거든요?"

"어허! 잠깐! 여기 이 마트의 현 사장은 나요! 이거 왜 다들 내 결정을 듣지 않고….."

복길이 들떠 있던 분위기에 찬물을 끼얹는다. 틀린 말이 아닌지라 경석도 이번엔 잠자코 듣고 있을 수밖에 없는 노릇. 복길은 조금 전 사총사에게 보였던 저자세는 금세 잊었다는 듯한 명 한 명을 위아래로 훑어본다.

"돈에 대해선 할 말 없지만 복직 문제는 다르지!"

복길의 말에 긴 한숨이 터져 나온다. 이때, 소리가 호들갑을 떨며 비명을 지르고!

"맙소사! 내가 엄청난 걸 발견했어! 전부 이거 봐봐!"

휴대폰 속 검색 기사를 가리키는 소리를 향해 모두가 둥그렇게 모여든다.

"할머니가 봤던 서커스 말야! 여기 이 자리에 있었어! 사진 봐봐!"

기사 속 사진에 찍힌 서커스장 주변을 보니 정확히 이곳 마트 자리와 일치한다. 복길도 경석도 워낙 오래전 일인 데다 썩 관심 있게 바라봤던 것도 아니었으니 서커스장이 마트 자리였다는 생각조차 못한 채 그저 여기 어디 근처로만 알고 있었다. 오히려 기억을 해내는 건 사총사들이었는데 종구를 시작으로 하나둘 잊혀졌던 퍼즐 조각을 맞히기 시작한다.

"맞아! 옛날에 여기 이 마트 자리에 있었어! 수양이 넌 기억 안 나?"

"글쎄. 나 다섯 살 땐가 여기가 공터였던 건 기억이 나는데."

"예전에 여기 공터였는데 서커스한다고 여기다 엄청 큰 천막 쳤었어."

"나도 지나가면서 삐에로 분장한 사람 보고 그랬었어!"

이때 소리가 호루라기를 삐액 불자 모두가 귀를 막고 소리를 째려본다.

"내가 다 계획이 있다고 했지? 이 소대장은 지금 당장 복길마트를 복길서커스장으로 바꿀 것을 명령한다!"

피식- 복길이 코웃음을 치자 경석이 소대장 지팡이로 어깨를 딱 때린다. 소리마저 눈치 없는 아빠가 얄밉다는 듯 복길을 향해 눈을 흘기자 복길도 억울하다는 듯 반론을 펼친다.

"아니 그렇잖아요! 여기에다 무슨 서커스를 꾸며요! 꾸민다고 해도 서커스는 누가 할 건데. 엄마가 맨날 말씀하신 그 서커스가요! 코끼리도 나오고 차력 쇼도 하고 삐에로에…."

복길의 말이 끝나기도 전에 종구와 창남이 손을 번쩍 든다.

"차력이라면 저랑 창남이가 가뿐합니다! 도합 18단! 벽돌격파 전문!"

연이어 기석이가 손을 든다.

"삐에로 분장 정도는 그릴 수 있는데…. 저 미술 전공인 거 아시죠?"

민정이도 거들며 수양이와 덕배를 가리킨다.

"그러고 보니 수양이는 극단 출신이니까 공연 같은 거 많이 짜봤을 거 아냐."

"뭐 배우들만 있음 기획은 금방이죠. 문제는 서커스를 모른다는 거지….”

수양이의 말에 민정이 벌떡 일어선다.

“서커스라고 다를 게 있어? 창남이랑 종구가 차력 쇼 하고, 기석이가 삐에로 분장을 맡으면 일단 차력 쇼와 삐에로는 있는 거잖아?”

민정이 다시 말을 이었다.

“덕배 너는 재봉틀을 쓸 줄 아니까 삐에로 옷부터 만들어보자.”

“예, 뭐 아버지도 왕사장님 잘 아시니까 도와달라고 하면 같이 해주실 거예요.”

“나는 그럼 꼬마 삐에로 할 거야!”

소리의 외침에 피에로는 소리가 제일 어울릴 것 같다며 일동 분위기를 태워주자 소리는 의기양양 귤 세 개로 어설픈 저글링을 선보이며 벌써부터 시끌한 박장대소를 이끌어낸다. 결국 민정의 진두지휘 아래 얼결에 모인 재능들이 서커스와 들어맞자 경석은 박수를 치고, 떨떠름한 복길만이 인상을 찌푸리며 허리춤에 얹힌 손을 풀지 않는다.

“자, 결정하시죠 사장님! 얘네들 없음 서커스도, 핫플레이스도 전부 안 되겠는데요.”

압박하듯 민정이 속삭이자 복길은 다시 쭈굴이가 된 상태로 입술만 삐죽댄다.

"뭐…. 그럼 저 통장에 돈이 다 떨어질 때까지는 복직하는 걸로…."

졌다는 듯 한발 물러서는 복길의 말에 사총사와 경석이 만세를 부른다. 사이 민정은 아무도 눈치채지 못하게 복길에게만 손하트를 날리자 복길은 그제야 피식하며 못 말리겠다는 듯 민정을 향해 손가락질을 해댄다.

"자! 뭣들 해! 복직했으니 일해야지!"

복길의 기합에 일동 우렁찬 대답으로 화답하자 마트는 예전으로 돌아간 듯하다.

"진열대든 물건이든 싹 다 밀고 무대로 쓸 만한 공간부터 만들어보자고!"

수양이와 기석이는 무대를 어떻게 꾸밀지 구상하며 시장 이곳저곳을 뛰어다니고 종구와 창남이는 태권도복으로 갈아입은 뒤 합을 맞추느라 정신이 없다. 경석과 함께 한동네서 장사를 시작한 장사 친구 덕배 아버지는 피에로 옷부터 곰 탈, 코끼리 복장을 만드느라 재봉틀을 아예 마트 안으로 옮겨왔고 덕배는 필요한 천들을 공수하기 위해 남대문 시장으로 향했다. 이곳에서 유일하게 한가한 건 복길인데 예의 자신의 포지션이 그러하다는 듯 여기저기 기웃대기만 할 뿐 주도적으로 맡은 일도 없고 맡고 싶지도 않는 눈치여서 모두가 내버려두었지만 민정은 더 이상 복길의 뺀질함을 보고만 있지 않겠다며 식구들을 불러

모아 '부지런한 복길 만들기' 작전을 지시한다.

"사장님! 사장님이 여기 사장 맞죠?"

기석의 비꼬는 듯한 물음에 황당하다는 듯 복길의 한쪽 입꼬리가 올라간다.

"근데."

싸늘하게 식은 복길의 목소리도 아랑곳없이 기석은 그의 머리에 분홍색 머리띠를 씌워준다.

"인마, 뭐 하는 거야."

"서커스는 서커스 단장이 MC 보는 거 몰라요? 서커스 단장도 삐에로 분장이란 말이에요."

기가 차다는 듯 담배를 입에 물며 머리띠를 집어던지자 시작부터 비협조적인 복길을 노려보며 모두가 험악한 분위기를 만들어버린다.

"잘 들어요. 나는 사장이지 서커스 단장이 아닙니다."

또다시 찬물을 끼얹는 복길의 말에 이번에는 살기를 띠며 째려보는 직원들이 한 걸음씩 자신을 향해 다가오자 생명의 위협을 느낀 그가 입에 문 담배를 스윽 뺀 뒤 눈치를 살핀다.

"정말 나더러 MC를 보라 이 말이야?"

"하기 싫음 사장을 관두던가요."

언제나 자신을 지켜주던 민정마저 사납게 몰아세우자 복길은 금세 풀 죽은 강아지가 되어버리고, 기석은 분홍색 머리띠를 주워 와 목줄 채우듯 그의 머리에 얌전히 씌워주자마자 철 푸덕! 삽시간에 흰색 물감부터 떡칠을 하니 몽달귀신이 된 복길을 보며 한바탕 웃음꽃이 피어오른다. 우여곡절 끝에 피에로 분장이 끝난 복길이 투덜대며 담배를 입에 물려고 하지만 이번엔 수양이 끌고 가 찰리 채플린의 걸음걸이를 연습시킨다. 서지도 앉지도 않은 엉거주춤 걸음걸이에 복길의 종아리는 쥐가 나고 경련이 일지만 수양의 스파르타식 혹독한 교육은 끝이 날 줄 모르고 그의 두 다리를 극한으로 몰고 간다. 겨우겨우 걸음걸이를 마스터하자 이번엔 갓 만든 거대한 코끼리 탈과 코끼리 옷을 들고 온 덕배가 무심한 표정으로 입히려 하자 복길은 그야말로 울기 직전이다.

"정말로 담배 한 대만 빨리 피우고 온다니까!"

복길의 애걸에 저마다 터지려는 웃음을 애써 감추었다.

"담배 피울 시간이 어딨어요! 빨리 입으세요!"

"아니 잠깐만, MC에 피에로 분장까지는 오케이! 근데 코끼리까지 하라고?"

"여기서 사장님 덩치가 제일 코끼리만 하니까요."

덕배의 말에 참았던 웃음들이 일순 터져 나온다. 더는 못하겠다며 복길은 민정을 찾아대기 시작하고 투정을 부리려는 그를 향해 이번에는 창남이 가로막는다.

"쓰읍! 또 또 주임님 붙잡아놓고 불평불만 하려고 했죠!"

여기저기서 밀착마크를 하며 한시도 복길을 내버려두지 않는다.

"아니 그게 아니라 내가 진짜 서러워서 그래요, 서러워서!"

"떽! 어리광부리지 말고 코끼리가 어떻게 걷는지 유튜브 찾아보고 연습하세요!"

아빠와는 달리 소리는 스스로 분장을 하고 직접 옷까지 디자인해 입은 뒤 즉석에서 창작한 요절복통 댄스를 선보이며 피에로보다는 할리퀸에 가까운 광기를 뿜어댄다.

"수양아! 우리 왔대이!"

절묘한 타이밍이다. 수양이의 요청으로 한달음에 달려온 극단 선배들까지 합세, 조명과 대형 스피커까지 세워지자 무대도 조금씩 구색을 갖추기 시작하고, 예상외의 순항에 굵은 땀을 쏟아냄에도 웃음소리는 그칠 줄을 모른다. 복길만 빼고….

"연화야! 임연화! 나 왔어!"

사이 연화를 홀로 둔 채 잡화점을 비웠던 경석은 계속해서 발길을 재촉한다. 거친 숨을 삼키며 겨우 도착한 그는 계산대에서 꾸벅꾸벅 졸고 있는 연화를 보자 일단은 안심이다.

"아 뭐 해? 서커스 구경 안 갈 거야?"

"어머 깜짝야… 세상에…."

놀란 듯 깨어나는 연화를 보며 경석은 또 한 번 퉁명스럽게 말해버린 자신을 원망한다.

"원 사람이 놀라기는 사람 무안하게… 크흠."

"그게 아니라 배달 다녀온단 사람이….."

연화가 놀란 것은 그의 윽박 때문이 아니었다. 말쑥한 가다마이에 중절모까지 쓴 그는 잡화점 주인보다 레스토랑 사장이 어울릴 만큼 멋쟁이 신사로 변해있었고 그 모습에 연화는 또다시 첫눈에 반해버렸다.

"지금 내 앞에 선 왕자님이 김경석 씨 맞죠?"

"허허 참 흰소리 그만하고 자네도 이거 한번 걸쳐봐."

오는 길에 샀는지 양장점이라 쓰인 봉투에서 에메랄드빛 원피스 한 벌이 경석의 손길로 꺼내어지자 연화의 입에서 새된 비명이 터져 나온다.

"이 비싼 걸! 내가 못 살아, 증말. 당장 바꿔요, 얼른."

"이봐. 이 김경석이 인제 자네한테 옷 한 벌 해줄 만큼 번다고!"

"아무리 그래도 그렇지. 이거 봐, 오만 원도 넘는 옷을 미쳤다구 사요!"

"미쳤으니 사는 게야! 미치고 나니 자네 옷에 보풀도 보이고 해진 것도 보이더라고. 내 진즉 미치지 않은 게 얼마나 후회되는지 알기나 해? 그만 타박하고 한번 걸쳐보라니까."

"알겠어요, 그럼…. 어울리는지 한번 걸쳐나 볼까요?"

원피스를 들고 수줍게 잡화점으로 들어간 연화를 기다리는 동안 경석의 발은 가만있질 못한다. 하늘을 날듯 들뜨게 만든 이 감정은 어디에서 온 걸까. 그 옛날 연화의 집 앞을 서성이며 손바닥의 땀을 닦았던 때처럼 서둘러 저 문이 열리길 기다리고 있다. 드디어 미닫이문이 열리고 새 원피스를 입은 연화가 다가오자 경석은 눈물이 왈칵 쏟아지려 한다. 이까짓 거 진작 못 사준 지난 세월의 후회 때문에.

"어때요? 어울려요?"

"그럼 사람아, 누가 골랐는데."

연화가 덥석 경석의 팔짱을 끼자 경석은 하늘을 날아갈 것 같다.

"연화야. 서커스장 가기 전에 나랑 먼저 갈 데가 있어."

"에에? 갑자기 어딜 가게요."

"따라오기만 해! 시키는 대로 안 하면 다시는 놀러 가는 거 없어!"

"어디 가는지 알고는 따라가야죠! 무슨 데이트가 이래요."

시작부터 삐걱댈 위기에 처하자 경석은 마지못해 길 건너 건물 하나를 가리킨다.

"저기 저 '벅시'에 갈 거야."

"어휴 무슨! 저기 스테끼 한 접시에 만 원이 넘는대요!"

"아 글쎄 나도 알아! 자네 생일인데 한번 먹어보는 거지 무슨 말이 그렇게 많아?"

"생일 두 번 했다간 집안 거덜나겠수. 오늘은 이 옷으로 충분하니까 밥은 집에 가서 먹읍시다. 내가 찌개 맛있게 끓여줄게요."

연화는 저녁마다 '벅시'에서 풍겨오는 이국적인 버터 향을 맡으며 계산대에 앉아 군침을 삼켰었다. 지금껏 한 번도 저기 가서 식사를 해보잔 말을 하지 않았지만 경석은 알고 있었다. 그녀가 저곳을 얼마나 동경했는지…. 하지만 과거의 기억대로 움직여야 한다면 경석은 연화를 따라 집으로 가야 한다. 거기서 연화가 끓여준 찌개를 먹고 서커스장에 가야 기억대로 움직이는 것이지만 좀처럼 집으로 향하는 발걸음이 떨어지지 않은 경석이 우뚝 멈춰선다.

"내가 꼭 한번 당신 데리고 가고 싶었단 말야."

경석은 이미 새 원피스를 사주며 과거의 기억을 왜곡해버렸음에도 또다시 '벅시'에 데려가고 싶은 마음에 떼를 쓰고 있다. 연화에게 온전한 기억을 되찾아주겠단 다짐도 저버린 채, 오로지 자기만족만을 위해 연화의 기억을 망치고 있단 자책이 몰려옴에도 우선은 제멋대로 하고 싶다.

"뭐 해요, 뻣뻣이 서서는? 얼른 밥 먹으러 갑시다, 서커스 늦어요!"

"아무래도 너랑… 저기를 가야겠어."

'벅시'를 가리키며 입을 삐쭉거리는 경석을 보자 연화의 얼굴이 심각해진다.

"당신… 울어요?"

목이 메어 목소리가 나오지 않자 어쩔 수 없이 고개를 끄덕이는 경석이지만, 어쩐지 어린애가 된 것 같은 생각에 얼굴이 발갛게 물들어간다.

"왜 울고 그래요. 저기가 가고 싶어서?"

"으응, 한 번만 저기 가보자고…."

오늘만큼은 그때 못 해준 것들을 실컷 해주고 싶기에 경석은 연화를 끌고 벅시로 향한다. 아무렴 못난 내 고집에 연화의 기억이 엉켜 혼란스러워 하더라도 그것 또한 반드시 풀어내 주리라 다짐을 하며 그는 연화가 그토록 궁금해했던 레스토랑인 '벅시'의 문을 열어젖힌다.

"당신 괜히 울었다. 생각보다 영 별로네."

돌멩이만 한 스테끼 한 접시를 받아든 연화의 표정이 일그러진다. 낡고 오래된 홀에서는 기름 찌든 냄새가 배어 있고 앤틱풍으로 꾸민 장신구와 그림 위엔 회색 먼지가 쌓여 있다. 소고기에선 오래 쟁여둔 냉동육의 시큼한 냄새가 올라오는 바람에 소스를 바르지 않곤 견디기 힘든 맛이다.

한때 잘나갔던 이곳도 젊고 새로운 것들에 밀려 지금까지 버텨만 온 거겠지. 복길마트의 미래가 벅시에 투영되자 경석은 잠시 쓸쓸해지다가도 이렇게 버티고 남아있는 것이 어디람. 아직까지 존재하고 있다는 자체만으로도 고마운 마음이 들었다. 가격이 가격인지라 연화는 미세한 고기조각까지 포크와 칼을 이용해 긁어먹으며 나름 만족해했고 경석은 자꾸만 감상에 젖는 자신을 책망하며 연화와 많은 대화를 나누려 노력했다.

기분 좋은 식사였다. 오물대는 연화의 입을 보았고 얘기하는 내내 눈을 마주치고 고개를 끄덕였다. 말미엔 오늘 운 것이 일평생 놀림거리라며 자꾸만 깔깔대는 바람에 성질이 날 뻔했지만, 식후 커피가 흐름을 끊어주어 다행이었다. 예전 같았음 시시콜콜한 얘기로 조잘대는 연화의 말을 한 귀로 흘리거나 쓸데없는 소리라며 핀잔을 주었을 것이다. 식후 커피의 향긋함은 외국에라도 온 듯 착각을 일으켰다. 경석은 헤이즐넛이란 말을 아는 연화가 놀라웠다. 헤이즐넛을 좋아한다는 것도 오늘 알았다. 그리고 보니 가끔 연화의 입에서 이 향내가 났던 것도 같다.
"그나저나 슬슬 서커스장으로 가야 되는 거 아니에요?"
최대한 천천히 먹었음에도 시간이 오래가지 않았다.
'이 녀석들 서커스를 준비하기엔 아직 빠듯할 텐데…'
"요새 댄스홀이 유행이라지?"
연화는 태어나 가장 크게 웃어본다는 듯 정신을 차리지 못한다. 그렇게 왜 하필 댄스홀이 생각났는지 모르겠지만 시장 옆 골목에 장식이가 운영하는 구식 카바레가 있다. 일단 거기라도 가서 시간을 때워보잔 심산이다. 그러고 보니 한창 댄스홀이 붐을 일으켰을 때 연화도 발바닥을 비벼보고 싶단 소리를 했던 거 같기도…. 그래, 그 어렴풋한 기억이 지금 떠오른 거구나! 이거 원 마누라 기억 찾아주려다 내 기억만 잔뜩 찾고 있는 것 같아 멋쩍어진다.

"얌마, 지금 어르신 여기서 난리 부르스를 추고 있는데 넌 뭐 하는겨!"

댄스홀 카운터에 앉은 장식은 복길과 통화를 하며 담배꽁초를 신경질적으로 비벼끈다.

"몰라 임마! 나도 지금 서커스 준비하느라 바뻐! 끊어!"

서커스? 알쏭달쏭한 말로 화를 내는 복길의 성질을 들으며 그는 한마디 하려다 되로 주고 말로 받은 기분이다. 가뜩이나 낮 타임 내내 아줌마 몇 명이 콜라 두 병 팔아준 게 전부인 터라 기분도 꿀꿀한데 70년대 유행곡만 틀라는 경석의 요구에 여러모로 골치가 지끈거린다.

"당신 이렇게 춤을 잘 췄어요?"

"나야, 군대에서 미군들이랑 지냈으니까."

경석의 손을 맞잡고 스텝을 밟는 연화는 영화 속 주인공이 된 기분이다. 보니 타일러의 허스키한 목소리에 맞춰 경석이 이끄는 대로 몸을 맡긴 연화는 시간이 지날수록 동작이 부드러워지고 스텝도 자연스러워진다. 그런 연화를 몸으로 느끼며 경석은 또다시 흐뭇해진다. 이렇게 가까이 안아본 것 또한 언제가 마지막이었을까…. 역시 이곳에 오길 잘했다.

"나랑도 한번 땡길래요?"

아까부터 경석과 연화 주변을 어슬렁거리며 요염한 스텝을 밟던 뽀글머리 할머니가 경석을 향해 끼를 부리자 연화는 우습다는 듯 깔깔대며 입을 가린다.

"저분 말하는 것 좀 봐. 너무 웃기지 않아요?"

경석은 민망함에 헛기침을 하며 못 본 체하지만 뽀글머리 할머니는 끈덕지게 유혹을 멈추지 않는다.

"저놈에 여편네가 노망이 났나."

"교련복 왕자님 인기는 늙어두 여전하네!"

연화는 이런 상황이 재밌다는 듯 싫어하는 기색 없이 오히려 즐기는 표정이다.

"나는 괜찮으니 가서 한번 쳐주고 와요~"

"아 싫어! 당신 놔두고 딴 여자랑 춤을 왜 춰!"

연화가 은근슬쩍 경석의 옆자리를 내어주자 뽀글머리는 기다렸다는 듯 경석의 허리춤에 손을 올린다. 그 바람에 경석은 어이쿠! 소리를 내며 발버둥치지만 힘 좋은 그녀가 씨름을 하듯 경석의 허리띠를 잡고 놓아주질 않는다.

"어머 어머, 우리 경석 씨 새장가 들겠네?"

연화가 또다시 웃음보를 터뜨리며 깔깔대자 경석은 성까지 내며 거머리가 된 뽀글머리를 떼어내려 안간힘을 써본다.

"이봐요! 대체 왜 이러는 거요?"

"뭐가 왜 이래? 외로운 사람끼리 춤 좀 추자는데!"

"글쎄 싫다니까! 내가 왜 당신이랑 추냐 말이야!"

"거 참 드럽게 비싸게 구네! 외로운 사람들끼리 좀 비벼보자는데 다 늙어 내숭이요?"

경석과 뽀글머리의 옥신각신 싸움에 보다 못한 장식이 카운터에서 빠져나와 둘 사이를 갈라놓는다.

"아유, 다 큰 어르신들끼리 왜 싸우구 그러세요!"

연화도 인제 그만하자며 씩씩대는 경석의 팔을 붙잡고 기분을 풀어주려 한다.

"내가 장난이 심했수. 인제 그만해요, 당신도…."

"저 할망구 꼬라지를 좀 봐! 철딱서니 없기로 어째 저렇게 늙었대!"

"뭐 철딱서니? 저 노무 자슥 지금 나한테 하는 말 맞지?"

장식의 손에 이끌려 나가던 뽀글머리가 경석의 말에 발끈하며 되돌아온다.

"딱 봐도 나보다 어린 노무시끼가 뭐? 철딱서니? 너 몇 살이야! 나 빠른 오공이다!"

한 살 많은 누나임에 경석은 짐짓 딴청을 피우며 모른 체한다. 장식은 고래고래 소리를 치며 분을 이기지 못하는 뽀글머리를 번쩍 들고 말했다.

"어르신! 복길이한테 전화 왔는디 하여간 다 됐다구 전해 달래유!"

"그래? 다 됐대?"

"예! 이 여사님은 제게 맡기시고 얼른 가보셔요!"

낑낑대며 뽀글머리를 막아서는 장식을 피해 경석은 연화의 손을 잡고 도망치듯 댄스홀을 빠져나간다.

"이제 서커스를 보러 가자!"

시끄러운 공간 속에 있다 밖으로 나오니 모든 것이 고요하게 느껴진다. 나란히 서서 손을 잡고 걷는 경석에게 연화는 내일도 또 오고 싶다는 말로 댄스홀이 즐거웠음을 말해주고, 경석은 다음번엔 좀 더 과감한 차차차를 추자며 미리 시범까지 선보인다. 둘은 이제 막 사귄 커플처럼 하하호호 깨를 쏟아내며 서커스장으로 향해 간다.

어느새 도착한 서커스장 앞, 어떻게 꾸며놨나 내심 조마조마했던 경석은 만국기가 펄럭이는 주차장을 보자 안도의 한숨을 내쉰다. 이윽고 입구를 바라보자 건물을 뒤덮은 오색찬란한 천들과 노상 주차장엔 곰 분장을 한 덕배의 어설픈 저글링이, 옆으로는 머리에 검은 띠를 두른 창남, 종구 콤비의 백덤블링

퍼포먼스가 연화의 시선을 단숨에 사로잡는다.

"우와, 저 사람 좀 봐요! 어쩜 사람이 저렇게 날렵하지?"

제법 서커스장의 풍모를 보이는 이곳. 지나가던 사람들도 휴대폰을 들어 사진을 찍으면서 갑작스럽게 세워진 서커스장에 관심을 가진다. 눈치가 빠른 편인 연화 또한 걱정과는 달리 의심은커녕 감탄하느라 정신이 없고 때마침 노란색 정장에 피에로 분장을 한 복길이 찰리 채플린처럼 걸으며 다가오자 경석은 질금질금 웃음이 터지려는 듯 목젖이 바르르 떨린다.

"신사 숙녀 여러분 혹시 서커스 구경 안 하시렵니까."

빨간 입술이 커다랗게 그려진 복길 피에로가 다가오자 연화는 무서운지 뒤로 물러선다. 경석은 티켓을 사는 척 복길을 데리고 몇 걸음 멀어진 다음 속삭인다.

"보아하니 생각했던 것보다 훌륭하네!"

"엄마가 어렸을 때부터 주구장창 들려준 서커스 내용 그대로 준비했으니 이거 보시고도 기억 못 찾으면 내 손에 장을 지집니다, 장을 지져요."

"그럼 너 설마 코끼리도 데려온 거냐?"

"에이 그런 건 그냥 이미테이션으로 가야지 진짜 코끼리를 어떻게 데려와요."

"대충 흉내 냈다가 들키면 말짱 도루묵이야 알지?"

"희한하긴 해도 나름 맛은 냈으니 걱정하지 마십쇼! 내 참

아빠 덕에 별거 다 해보네."

비장한 얼굴로 다시 찰리 채플린처럼 걸어가는 복길을 보며 경석은 저 녀석이 잘하는 것도 있네 싶으면서도 한편으론 애비 잘못 만나 고생이다 싶다.

"자! 표도 샀으니 가봅시다!"

"빨리 안으로 들어가요! 나 너무 기대돼…."

연화는 경석의 팔에 바짝 붙어 입구로 향해 가고 입구에 이르자 펭귄 분장을 한 기석이 짧은 팔로 경례를 하며 둘을 맞이한다.

"근데 이 펭귄은 좀 어설프네…."

역시나 날카로운 눈썰미를 지닌 연화이기에 경석은 다시 긴장감에 휩싸인다. 입구로 들어가자 천장에는 큼지막한 글씨로 [써어커스]라 쓰인 현수막이 대형 풍선에 매달려 동동 떠있고, 긴 오색천들이 마트 천장을 가로지르며 시원하게 뻗어 있다.

"이게… 서커스장이 맞죠?"

무대를 바라보는 연화의 눈빛이 심하게 흔들린다. 다들 빠듯한 시간 안에서 진열대며 카운터까지 진땀을 흘려 치우고 세운 무대이지만 진짜 서커스장에 비해서는 형편없어 보이는 건 어쩔 수가 없다. 경석의 눈에도 덩그러니 단상만 높여놓은 것이 서커스장이라고 하기엔 너무도 초라해서 고개가 절로 숙여진다. 그러니 잔뜩 기대를 하고 온 연화의 입장에서는 오죽할까. 눈물을 글썽이며 고개를 수그리자 경석의 눈 밑에도 깊은 그늘이 드리운다. 이내 조용히 훌쩍이는 연화의 눈치를 살피던 경석은 당혹감에 이마에 손을 짚고 맺힌 땀을 쓸어 담는다.

"그게 말야. 사실은 이 서커스장이 아주 오래전에 없어졌…."

"나 너무 행복해요…."

갑작스레 변하는 연화의 표정. 입가에 미소가 피어오르더니 경석의 손을 덥석 잡는다.

"나 매일매일 당신이랑 리어카 끌면서 여기 지나갈 때마다 상상했거든. 번듯한 가게 차리고 나면 꼭 오자고 해야지. 빨리 그날이 왔으면 좋겠다 했는데 그날이 진짜 왔어요. 너무너무 행복해."

눈물을 참으며 한마디 한마디 힘을 주어 말을 하는 그녀를 경석은 사랑스럽게 바라본다.

"사람… 참…. 그렇게 눈물이 많아서 어디다 써?"

"그러니까… 나 너무 주책맞지? 이 좋은 날 또 울어버리기나 하고…."

그녀가 보인 건 실망이 아닌 감격의 눈물이었음에 모든 것들이 다시 반짝인다. 경석도 들키지 않게 고개를 돌려 눈물을 찍어낸 뒤 다시 밝은 미소로 서커스장을 둘러본다.

"생각했던 것보다 더 훌륭해요."

"그래… 듣던 대로 훌륭하네."

"근데 사람이 너무 없다. 우리만 보는 거 같아요."

"그거야 다른 사람들은 진즉 다 봤고 우리만 바빠서 못 봤으니 그런 거지."

경석의 임기응변이었지만 납득이 가는 말인지라 연화도 고개를 끄덕인다.

"하긴 첫날엔 줄을 엄청 길게 서 있더니 갈수록 줄긴 줄더라구요."

"우리야 다른 동네 넘어가기 전에 볼 수 있게 됐으니 다행이지 뭐."

이때, 장내의 모든 불이 꺼지며 무대 중앙으로 스포트라이트가 켜진다.

"자 지금부터! 손에 땀을 쥐는 서커스를 시작하겠습니다!"

대형 스피커로 그럴싸한 복길 MC의 목소리가 흘러나오자 연화가 어깨를 으쓱해 보인다.

"이제 시작하려나 봐요!"

"응. 잘 보라구! 자네 아주 신기할 거야!"

'그때도 그랬으니까'란 말은 삼킨 채 경석도 이놈들이 얼마나 그럴싸하게 준비했나 기대를 걸어본다. 복길의 소개와 함께 경쾌한 음악을 받으며 등장하는 소리 피에로가 싱글벙글 웃으며 무대 앞에 등장한다. 참치 캔 세 개를 꺼내 저글링을 하려고 하지만 한 바퀴도 돌리지 못한 채 후두둑 떨어지자 쿨하게 발로 차버린 뒤 박수를 유도한다. 경석은 '저게 뭐야'라며 썩어가는 표정으로 치는 듯 마는 듯한 박수를 보내지만 연화는 뭐가 즐거운지 우레와 같은 박수로 소리 피에로를 응원하고, 이제부터 진짜라는 듯 소리는 자신의 엉덩이에서 마이크를 뽑아내는 더티한 마술과 함께 노래를 시작한다.

"언제부턴가 그대를~ 아오씨 왤케 높아! 여섯 키 낮춰줘, 아부지!"

"니가 높게 부르는 거야!"

"남모르게 그려본 분홍 립스까오! 이건 너무 낮아!"

"니가 낮게 부른 거라고!"

당최 조율이 되지 않자 노래를 포기한 소리가 섹시댄스를 추기 시작한다. 하지만 갈수록 야릇하고 요염하며 노골적인 춤사위가 이어지자 복길과 민정이 투입되어 말리는 통에 볼썽사나운 무대가 계속되지만, 그것마저 짜고 치는 꽁트인 양 바라보는 연화는 손뼉을 치며 푹 빠져 있다. 우여곡절 끝에 소리 피에로의 오프닝 무대가 끝나자 복길 MC가 박수 유도를 하며 흥을 올린다.

"아주 재밌고! 즐거웠던 오프닝 무대였습니다! 그럼 이어서 두 번째⋯."

두 번째 쇼를 위해 쫄바지에 쫄티를 입은 민정이 무대에 막

올라가려 하는데 소리가 다시 나와 자기 순서인 양 프로그램에 없는 무대를 이어가자 MC 복길을 포함, 무대 뒤에서 지켜 보고 있던 모든 이들이 동시에 머리를 감싸 쥐며 괴로워한다.

"에헴! 자 꼬마 삐에로의 마법 쇼를 시작하겠습니다!"

빨리 내려오라는 복길 MC의 손짓을 무시하고 자신의 쇼를 직접 소개한 소리가 화려한 손동작으로 노란색 막대풍선을 뽑아 든다. 그러곤 있는 힘껏 막대풍선을 불어보지만 조금도 부풀어 오르지 않고, 아무리 용을 써도 부풀어 오를 기미도 보이지 않자 얼굴만 새빨개진 소리는 마침 좋은 생각이 났다는 듯 무대 아래로 내려가 경석 앞에 선다.

"할부지 이것 좀 불어줘."

MC 복길이 말릴 새도 없이 소리는 노란색 막대풍선을 경석에게 건네버렸고, 경석은 당혹스러움에 슬쩍 연화의 눈치를 보지만 연화는 주먹을 불끈 쥐어 보이며 경석에게 응원을 보낸다.

"허허, 거 별걸 다 시키는구먼."

장내는 일순 '경석의 도전'에 초점이 맞춰진다! 경석이 중절모를 벗으며 일어서자 장내 음향을 맡은 수양이도 센스 있게 두구두구두구 하는 북소리를 깔며 긴장감을 더해준다. 제대로 보여주겠다는 듯 경석은 입에 침을 바른 뒤 힘차게 불어보지만 전혀 부풀어 오르지 않는다.

"염병 이거 왜 이렇게 질겨?"

민망한 웃음을 터뜨리는 연화와 다시 한번 박수를 유도하는 소리 피에로. 이번엔 '너 죽고 나 살자'라는 듯 경석이 비장한 각오로 다시 한번 힘차게 불어본다.

'우와!' 복길의 탄성에 맞춰 기다랗게 부풀어 오르는 막대풍선을 보자 지켜보던 복길을 포함 숨어서 지켜보던 모두가 커다란 환호를 보낸다. 경석은 모자를 들어 환호에 답을 한 뒤 소리 피에로에게 빵빵해진 노란색 막대풍선을 건네준다. 엄지를 치켜들며 건네받은 풍선으로 소리는 이곳저곳을 베베 꼬아보지만 푸르륵 방귀 소리를 내며 엉성하게 풀려버린다. 덕배에게서 배운 강아지 모양이 나와야 하지만 어쩐지 까먹은 모양이다. 어쩌지 싶던 소리는 이내 생각났다는 듯 노란색 막대풍선 그대로 경석에게 쥐여준다.

"바나나!"

넉살 좋은 웃음을 터뜨리며 MC 복길이 올라와선 수습 안 되는 소리 피에로를 끌어내린다.

"자~! 이제 맛보기는 그만하고! 본격적인 복길서커스! 지금 시작되겠습니다! 박수!"

전문 사회자처럼 시원한 외침과 함께 흰 천을 제거하자 캉캉 음악과 함께 우산을 든 채 훌라후프를 돌리는 민정이 곡예를 부리며 무대 위로 올라간다. 소리는 민정이 등장하자 복길

MC의 마이크를 빼앗아 든 뒤 말한다.

"우리 서커스의 최고 불여시가 훌라후프를 돌리면서 의자에 올라가려고 합니다! 자 과연 성공할 것이냐, 아니면 실패해서 의자 위에 굴러떨어져 머리통이 박살날 것이냐! 어쨌든 둘 다 재미난 구경거리!"

소리의 살벌한 소개에 겁을 먹은 연화는 경석의 어깨 뒤에서 실눈을 뜨고 지켜본다. 종구와 창남이 의자를 가운데에 놓자 허리와 목으로 훌라후프를 돌리던 민정이 멋지게 의자 위로 뛰어 올라가 훌라후프와 우산을 돌린다.

"와! 아쉽게도 성공! 박수 주세요!"

민정이 멋지게 훌라후프를 세운 뒤 손을 들어 인사를 하고, 이번에는 웃통을 벗은 창남과 종구가 복길이를 끌다시피 무대 중앙으로 데려와 의자에 앉히자 이내 긴장감 가득한 음악으로 바뀌며 소리 피에로 역시 목소리를 깔아 매섭게 소개를 이어간다.

"자, 이번에는 우리 서커스의 자랑! '오빠 남산 스타일! 안기부 차력 쇼'가 이어집니다!"

뒤이어 덕배와 기석이 각목을 들고 올라오자 의자에 앉은 복길이 줄행랑을 치려 하지만 창남과 종구가 밧줄로 묶고 테이프로 입을 막으며 일순 꼼짝도 못하게 만들어버린다.

"자! 지금부터 아무런 고통을 느끼지 못하는 우리 복길 차력

사의 허벅지를! 이 각목으로 후려 팰 겁니다!"

소리의 멘트에 으어으어! 불쌍한 신음을 내어 보지만 덕배와 기석은 기를 모으며 복길의 허벅지에 각목을 갖다 댈 뿐이다.

"최근! 경영난을 이유로 하루아침에 백수가 된 두 남자가! 자신을 백수로 만들어버린 사장에게 참교육을 하고 싶단 말을 자주 했었습니다!"

흥분한 기석과 덕배가 말처럼 울부짖으며 허공에 대고 풀스 윙을 한다.

"바로 오늘! 복수의 시간입니다 여러분! 제가 하나 둘 셋을 외치면."

"크헉."

소리의 카운터가 시작되기도 전 참지 못한 덕배가 각목을 내리치자 순식간에 두 동강이 나버렸고 경석과 연화는 놀란 눈 으로 기립박수를 치며 찬사를 보낸다. 한데 문제는 지금부터였 다. 덕배와 기석은 성에 차지 않는지 동강 난 각목을 주워 또다 시 내리치고 내리친다. 끄어억 하는 소리가 입을 막고 있는 테 잎을 뚫고 나오지만 기석과 덕배는 동강 난 각목을 주워 모으 기 바쁘다.

"근데 말예요. 저 사람 꼭 아프다고 하는 거 같지 않아요?"

의자에 묶인 채 몸부림치는 복길을 가리키며 연화는 안쓰럽 다는 듯 미간을 찌푸린다. 경석은 "저거 다 쇼"라며 하나도 안

아프게 내리치는 기술들을 갖고 있을 거라 설명하지만 실상은 생 각목을 내려치고 있을 뿐. 심지어 바통터치를 한 창남과 종구가 더욱 두꺼운 각목을 들고 올라오자 복길은 거품 같은 침을 흘리며 눈자위가 흰자로 넘어갈 지경이다. 다행히 수양과 민정이 뛰쳐나와 뜯어말리지 않았다면 그들 모두 9시 뉴스에 나왔을지도 모를 일이다.

"자, 분위기를 바꿔 서커스의 하이라이트! 동물 쇼를 보여드리겠습니다!"

타이밍 좋게 다음 순서를 진행하는 소리의 멘트에 무대 뒤에서 덕배와 덕배 아버지가 만든 동물 옷과 탈을 착용하는 사총사와 민정, 반쯤 정신이 나간 복길에게도 코끼리 옷을 입혀준다.

"자 마지막이니까 다들 제대로 흉내 내보자구!"

손을 모아 파이팅을 외친 뒤 그들 중 가장 흉내를 잘 내는 수양이 원숭이 복장을 한 채 꾸꾸까까를 외치며 경석과 연화 앞을 지나간다.

"어머! 징그러워! 저리 가라고 해요, 얼른!"

가까이 다가온 원숭이가 징그러운지 연화는 연신 눈을 가리며 경석 뒤에 숨기 바쁘고, 경석은 좀 만져보라며 원숭이의 머리도 쓰다듬고 손도 잡으며 대범한 모습을 보인다. 오히려 다행이다. 자세히 봤음 누가 봐도 탈을 쓴 사람의 모습인데도 겁을 먹는 바람에 연화의 눈에는 진짜 원숭이로 보이는 모양이다. 뒤이어 퍼레이드처럼 경석과 연화 앞을 지나가는 여러 동물들. 특히 사자 옷을 입은 기석과 반달곰으로 변신한 덕배가 느그적이 다가와 지나가는데 털의 빛깔부터 움직임까지 어찌나 솜씨 좋게 만들고 연습했는지 경석도 닭살이 오를 만큼 진짜 사자와 곰으로 착각할 정도였다.

"어때? 서커스 구경 잘 왔지?"

"신기해요…. 무섭기도 하고…."

성공이다. 환하게 웃어 보이며 만족해하는 연화를 보며 경석은 이제 안심 반 기대 반의 마음으로 연화를 지켜본다. 이렇게 잃어버린 기억을 하나씩 다시 새겨나가다 보면 분명 언젠가는 모든 기억을 찾아낼 수 있으리라.

"오늘의 신사 숙녀님! 싸비스로 코끼리랑 사진 한 방 찍지 않으시렵니까."

소리 피에로가 허벅지를 붙잡고 절뚝이는 코끼리를 끌고 나오며 경석과 연화에게 다가간다.

"여봐. 자네가 그렇게 보고 싶다던 코끼리가 왔어."

"아차! 카메라를 놓고 왔어! 금방 다녀올게요!"

소리 피에로가 코끼리 목줄을 경석의 손에 넘기자 연화는 또다시 질색을 하며 경석의 뒤에 숨는데 코끼리가 어그적 어그적 기어와 연화 앞에서 코를 흔든다.

"아… 생각했던 것보다는 크지 않네요."

"딱 봐도 새끼잖어. 다 큰 놈들은 집채만큼 커서 잡아둘 수가 없다고."

"그럼 그렇지. 뭐든 새끼들은 안 귀여운 게 없어요? 이것 좀봐 코도 흔들고~"

"그래, 새끼니까 하나도 안 무섭지? 보기만 하지 말고 만져도 봐봐?"

"에이. 징그러워 못 만져요, 나는!"

"까짓거 뭐가 징그럽다고!"

경석이 코끼리 코를 잡아다가 연화의 손에 대어 주려 한다. 손에 코가 살짝 닿자 자지러지며 까르르 웃어 보이는데….

"여봐. 이 코끼리 한번 타볼텨?"

"새낀데도 탈 수 있어요?"

"아 그러엄! 새끼도 얼마나 힘이 센데!"

아니라는 듯 코끼리가 푸에엥 울부짖자 연화는 미안함에 차마 올라타지 못한다.

"그냥 이렇게 보기만 해요. 그게 더 좋아요, 나는."

"험. 뭐 그럼 그러던가."

둘은 코끼리 머리를 조심스레 쓰다듬으며 흐뭇한 미소를 짓는다.

"이놈 이거… 아주 잘생겼지?"

"잘생긴 건 모르겠는데. 눈은 아주 착하네요."

"그래. 참 눈이 착하다. 근데 연화야. 여기 와 본 거 같지 않아?"

"와 보긴 어찌 와 봤겠어요."

전혀 기억을 못 하는 연화를 보며 경석은 잠시 말이 없어진다.

"내가 자네에게 재미난 얘기 하나 해줄까."

연화는 옆에 앉은 코끼리가 부담스러운 듯 신경 쓰면서 해 보라는 듯 고개를 끄덕인다.

"자네가 왜 78년 8월 8일을 떠올렸는지 내 곰곰이 생각을 좀 해봤거든."

연화는 경석의 말을 듣지도 않은 채 코끼리의 움직임에 따라 고개를 갸웃거린다.

"자네 계속 애가 안 들어선다고 노심초사했었잖아."

"그러게요…. 시어머니 볼 면목도 없어요, 이제…."

코끼리에게 시선을 준 채 힘 빠진 목소리로 답을 한다.

"걱정 말어. 오늘 밤에 말이야. 우리 아들이 생겼다고."

무슨 뚱딴지같은 말이냐며 이번엔 고개를 확 돌려 경석을 쳐다본다.

"오늘 밤 자네와 내가 집에 가서 한 이불을 덮었단 말이여. 78년 8월 8일 자네 생일날! 그리고 아홉 달 만에 나를 쏙 빼닮은 놈이 응애~ 하고 태어났다고. 그래서 자네가 그랬잖아. 삼신

할미가 자네한테 생일선물 준거라고! 기억 안 나?"

"그게 재밌는 얘기예요? 실없는 얘기지? 참 내."

장난스럽게 코를 움직이던 코끼리의 코가 차분해진다.

"그래서 자네 입장에선 78년 8월 8일이 가장 행복한 날일 수도 있었겠다 싶었어."

"오늘따라 왜 이리 혼자 떠드실까? 다 살아본 것처럼 말씀하시네."

연화는 다시 한가롭게 눈을 돌려 주변 풍경들을 바라본다. 생각났다는 듯 경석의 무릎을 톡 때린다.

"아직 소원 하나 남았는데…."

"뭐?"

"나… 당신 노래 듣고 싶어요."

"사람 참! 노래는 왜?"

"지금까지 당신 노래 한 번도 못 들어봤어요. 잔소리나 들어봤지."

자기가 말하고도 웃기다는 듯 입을 가린 채 웃음을 참는다.

"아 왜 안 불렀어! 전우회에서 불렀잖아!"

"그게 무슨 노래야~ 악다구니지! 서른 명이서 군가만 고래고래!"

"허허! 못해! 사람이 다 받아주니 끝도 없네!"

연화는 버럭 화를 내는 경석을 동그랗게 눈을 뜨고 쳐다본다.

"그게 뭐 어려운 거라고 성질까지 내요? 관두세요."

연화는 약간 토라진 듯 고개를 돌리고 옆에 앉은 코끼리는 뻘쭘함에 민정의 눈치만 살피는데 구세주처럼 필름카메라를 목에 건 소리가 달려온다.

"어… 저기 광대 온다, 광대."

"자자! 늦어서 미안함다! 코끼리를 배경으로 찍을 거니까 두 분 나란히 서 주시고요!"

비쭉대는 연화의 팔을 잡아끄는 경석이 나란히 서고 코끼리도 그들 뒤에서 카메라를 응시하고 있다. 소리는 주머니에서 사진 한 장을 꺼내 유심히 들여다보며.

"어… 여기 사진에는 코끼리가 좀 더 왼쪽으로 가야 되는데? 아버지 쫌만 옆으로!"

"저 사람 말하는 것 좀 봐. 코끼리한테 뒤로 가라니…."

"거 사진사 양반 대충 좀 찍자구!"

"아까는 이 사진이랑 똑같이 찍으라매~ 아쉬 헷갈리네…. 자, 웃으세요! 찍슴다!"

경석과 연화가 환하게 웃으며 두 손을 꼬옥 잡은 채 카메라를 응시한다.

"하나! 둘!"

셋이 되기 전 복길은 연화와 경석의 뒤에서 코끼리 탈을 벗고 환하게 웃는다. 찰칵-

"여기다 주소 적어주시고~ 사진은 우편으로 도착합니다잉!"

소리가 코끼리를 끌고 무대 뒤로 들어가자 모든 쇼가 끝났다는 듯 엔딩곡이 흘러나온다.

"여봐. 출출하지? 어디 가서 돈까스나 먹자고."

왠지 시무룩해진 연화가 손가락만 배배 꼬고 있다.

"왜 말이 없어? 거 사람! 아직도 삐친 거야?"

"그냥 집으로 가요."

"알았어 내 화내서 미안하이. 화 풀고 뭐라도 먹으러 갑시다."

"밥은 내 집에 가서 해줄 테니까 오늘은 그만 가자구요."

계속 꼼지락대며 말을 잇지 못하는 연화를 보자 경석이 이상함을 눈치챈다.

"여봐. 왜 그래, 갑자기?"

"집에 가요."

"왜 집에 가고 싶어? 이유를 말해야 맘 놓고 갈 거 아니야?"

"자기도 그냥 하자는 대로 따라오면 어디가 덧나요?"

"말 안 하면 못 가! 노래 안 불러줘서 삐친 거야? 아니면 뭐왜 그런 거야!"

"당신 말대로 삼신할미가 아들 점지해 준다며요 오늘! 하늘을 봐야 별을 따지요."

연화가 경석의 옆구리를 찌르자 그의 입꼬리가 으쓱 올라간다.

복길잡화점 VS 복길마트/

오늘은 그만 쉬자는 말에도 "손님들 밤참거리 사러 오면 어떡할 거냐"며 기어코 문을 여는 직원들을 보며 복길은 자신보다 저들이 더 아빠를 닮은 것 같아 멋쩍어진다.

"아버지! 거기서 뭐 해, 다들 일하잖아."

"아빠는 일 안 해. 사장이니까."

"에휴, 그러니까 욕을 먹지. 쯧쯧."

"너야말로 집에 가서 공부 안 해?"

"공부는 텄고 나 꿈 찾았어, 아버지! 학교 그만두고 삐에로 할 거야."

복길이 등짝을 후려치려 하지만 소리는 분신술을 쓴 것처럼 사라진 지 오래다. 이번에는 정말 가만두지 않겠다는 듯 입구 밖까지 쫓아 나오는데 되레 씩씩대며 다가오는 장식에게 멱살이 잡히자 복길은 숨 좀 쉬자는 듯 장식의 팔뚝을 때리고.

"시방 해도 해도 너무 하는 거 아녀?"

"뭐! 뭐가?"

"니 어르신 말여! 아까는 내 댄스장 와서 진상을 피우더니 지금은 잡화점을 저렇게 내팽개치고 가면 어쩌자는겨."

장식의 말을 듣고 부리나케 잡화점으로 달려온 민정과 복길은 혀를 내두른다. 그 꼼꼼한 양반이 야채며 과일이며 입구 앞에 놓인 판매물건을 그대로 널브린 채 집으로 들어간 모양이니 다들 기가 막히다는 표정이다.

"뭐가 급해서 다 팽개치고 가셨대."

복길은 할 일이 늘었다는 듯 벌써부터 피곤하단 표정이다. 곁에서 담배를 입에 문 장식은 좀처럼 인상을 펴지 않고 불편한 기색을 풀풀 풍기며 말한다.

"하여간에 더는 못 참아. 우리 아부지도 응? 허리 아작나서 하루 종일 누워 있거덩? 지금 봐주고 있는 것도 한계라는 게 있는 거여 시방. 하여간에 내일이 마지막이다!"

장식이 으름장을 놓자 어느새 따라붙은 소리가 장식의 부분가발을 들추며 '대머리'라고 놀린다.

"아주 온 집안이 웬수여!"

장식이 진저리를 치며 복길을 째려보자 복길은 면목 없다는 듯 힘없이 손을 들어 보이며 배웅을 한 뒤 소리의 귀를 잡고 잡화점에서 내쫓는다.

"빨랑 집에 들어가! 정리하고 갈 테니까."

"그래. 언니가 여기 다 치우고 금방 가서 밥 차려줄게….."

"뭐야 방금."

"응?"

"그런 건 엄마가 하는 대사잖아."

팔짱을 낀 채 정색을 하는 소리를 보자 민정의 눈끝이 축 가라앉는다. 소리가 예민하게 굴 때마다 어떤 반응을 보여야 할지 매번 당황스럽기만 하다. 그런 그녀를 조용히 지켜보던 복길도 답이 없다는 듯 잡화점 안으로 몸을 숨긴다.

"그래…. 미안해…. 미안하다."

민정의 말이 끝나기도 전에 소리는 찬바람을 일으키며 멀어지더니 이내 되돌아와 그녀를 가로막는다. 몇 초간 눈싸움하듯 노려보는 소리를 앞에 두고 민정은 무겁게 쌓인 공기를 어떻게 풀어야 할지 몰라 마른침만 삼키는데 순간! 개구리처럼 달려든 소리가 자신의 얼굴을 두 손으로 붙잡자 민정은 너무 놀라 하마터면 비명을 지를 뻔했다. '대체 뭐 하는 거야'라는 생각도 못할 만큼 찰나의 시간 동안 소리는 민정의 얼굴을 공처럼 부여잡고 왼쪽에서 오른쪽으로, 위에서 아래로, 골고루 살펴보더니 결정을 내린 듯 고개를 끄덕였다.

"화장 잘하네? 밥은 내가 차릴 테니까 나 화장 좀 알려줘."

소리에게서 벗어난 민정은 긴장이 풀렸는지 조금 휘청댄다. 그러고는 "으앙-" 닭똥 같은 눈물을 떨구며 소리 내어 울기 시작하자 허겁지겁 튀어나온 복길이 무슨 일이냐며 두 눈을 부라린다.

"왜 울어! 김소리 이 기집애가 뭐 어떻게 했어?"

그동안 잡화점 안에서 이들을 지켜보던 복길이 다가와 민정을 감싸 안는다.

"아무것도 아냐."

"뭐가 아무것도 아냐, 다 봤는데."

"좋아서 우는 거야. 소리가 나 밥해준다고 해서…."

말을 잇지 못하고 울음이 터져버리자 복길이 더욱 힘을 주어 그녀를 감싸 안는다. 그간 얼마나 마음이 타들어 갔을까 싶은 생각에 복길도 맺히는 눈물을 스윽 거둬낸다. 한참을 울던 민정이 씩씩하게 눈물을 닦아내곤 서둘러 소리에게 가보자며 재촉하자, 복길도 둔한 몸을 놀려가며 내놓았던 물건들을 옮기기 시작한다. 민정은 복길을 돕는 대신 계산대에 앉아 장부 수첩을 펼쳐 들며 재고파악과 정산을 위해 분주히 계산기를 두드린다.

"얼마나 팔렸다고 정산이야. 그냥 내버려둬."

"그래도 할 건 해야죠. 엄연히 여기도 가게인데."

못 말린다는 듯 고개를 저으며 물건을 집어 드는데, 점심 때

왔던 노동자들이 예의 시끌시끌한 잡담을 쏟아내며 잡화점으로 몰려든다. 복길과 민정이 "정지!"라고 외치기도 전에 그들은 평상 위에 둘러앉아 큰 소리로 어르신을 부른다.

"복길 씨 아는 사람들이야?"

"알긴 알지 점심때 온 손님들이니까."

"그럼 어떡해? 복길 씨가 가서 말려 봐."

민정의 채근에도 복길은 어깨를 으쓱해 보일 뿐 어떻게 해야 할지 감도 안 오는 눈치다.

"어르신! 우리 또 왔어요!"

이번엔 같이 일한 동료들 몇몇까지 붙어 꼬린내 나는 양말 냄새를 풍기며 막걸리와 먹을 것을 찾자 민정의 표정이 눈에 띄게 차가워진다.

"죄송하지만 여기는 술집이 아닙니다."

그녀의 날카로운 어조에 노동자들의 목소리가 서서히 사그라진다.

"어르신 어디 가셨어요?"

"예, 오늘은 퇴근하셨어요."

"아까는 언제든 와서 쉬라고 하셔서 막걸리나 몇 병 마시려고 했지."

"어르신이 잘 대해주셔서 좀 팔아주려고 그런 건데."

표정이 점차 굳어지며 하나둘 일어서려는데 잡화점 안에서 지켜보던 복길이 새댁 같은 코웃음을 터뜨리며 나온다.

"아이구! 어서들 오세요."

복길의 상큼한 미소에 어이가 없다는 듯 뻘쭘하게 서 있는 민정을 뒤로 물린 뒤 사내들에게 허리를 굽혀 인사를 붙인다.

"아까 낮에 오셨죠? 그때 계신 어르신이 저희 아빠예요!"

"아~ 우리 왔을 때 저 옆에 앉아있었지?"

"근데 다 큰 사내가 아빠가 뭐야 아빠가. 허허!"

"아버지라고 하면 자식이 다 커버린 거 같잖아요! 저는 그래서 아빠라고 부릅니다! 우리 아빠 젊게 사시라고 하하."

평소엔 손님만 보면 도망가던 사람이 이상한 농담까지 늘어놓으며 애교를 피우자 민정은 이상하면서도 묘하게 기분 좋아진다.

"아니, 우리는 막걸리나 한잔 걸치고 가려고 했는데 저 아가씨가…."

"민정 씨! 여기 막걸리하고 냉장고에 김치 빨리 가져다줘요."

"어? 아냐 아냐 저 아가씨가 안 된다고 했는데…."

"저 사람이 제 와이프인데 아직 장사를 몰라요! 제가 잘 모실 테니 걱정하지 마시고 편히 드시다 가십시오! 필요한 게 있으시면 저희 와이프한테 말씀하시고!"

장정들은 다시 왁자지껄해지며 분위기가 올라간다. 복길은 황당하단 표정으로 막걸리와 김치를 꺼내는 민정을 향해 눈을 찡긋하며 얼렁뚱땅 넘어가고, 시원한 막걸리에 먹음직스럽게 담아낸 김장김치를 건네주자 그들의 눈이 보물을 본 듯 반짝인다.

"인심 좋고 김치 맛 좋고! 이런 데가 동네 슈퍼지."

"진작에 알았음 얼마나 좋았어?"

"이야, 이거 김치맛 좀 봐! 최고다 최고야."

"사모님은 좋겠수다! 시아버지나 남편이나 장사수완이 와따라서!"

"거 아버지 성품이 어디 가겠어? 다 자식한테 가는 거지!"

민정도 복길도 저들의 말에 어떤 대화도 필요 없이 그저 웃음으로 속마음을 주고받는다. 복길에게 장사수완이 와따라니…. 사총사와 창남이 들으면 얼마나 놀려댈까? 민정은 웃음을 참기 힘든 지경이다. 복길도 피식 웃음이 새어 나온다. 그저 아빠가 하던 대로 하면 어떤 기분일까 싶어 흉내 한번 내본 것뿐인데도 이상하게 심장이 뛰고 기분이 좋아진다. 단순히 물건을 판 게 아니라 도움을 준 것 같은 뿌듯함에 손님이 더 많이 왔으면 좋겠다는 생각까지 들 정도다.

"아니, 만 원어치 달라니까 뭐 이리 많이 줘?"

"왼쪽 봉지에 담긴 건 어제 들어온 싱싱한 양파구요. 오른쪽 봉지에 담은 건 저번 주에 들어온 양파예요. 왼쪽 거로 겉절이 하시고 오른쪽 봉지는 국물 낼 때나 볶음 요리할 때 넣어 드세요!"

지나가다 양파 한 단을 사러 온 아주머니의 눈이 휘둥그레진다. 양손 가득 무겁게 담긴 양파들을 보며 기가 차다는 듯 복길을 바라보자 복길은 웃음을 터뜨리며 원 플러스 원을 외친다.

"에이~ 원 플러스 원은 쩌어기 아이마트고 여기는 덤이지 덤!"

우문현답으로 받아치는 아주머니의 말에 복길도 민정도 웃음소리를 높인다.

"딱 보니 장사한 지 얼마 안 됐나 보네! 이렇게 장사하면 망해요!"

"예~ 내일까지만 하고 망할 거예요!"

이번엔 평상에 앉아있던 사내들도 박자를 맞춰 웃음을 함께 한다.

"아니, 이런 데가 없어지면 어떡해!"

"맨날 와서 팔아줄 테니까 제발 망하지나 마쇼!"

복길과 아주머니의 만담에 막걸리를 주고받던 장정들도 끼어들며 능을 치고 받는데 그 합이 어찌나 잘 맞던지 민정은 순간 복길을 포함한 저들 모두가 오랜 친구라도 되는 것처럼 정다워 보였다.

"우리 사장님! 와서 막걸리 한잔 받으셔!"

깜깜한 거리 속 잡화점만이 밝은 불빛을 내뿜고 있는 시각에도 평상의 대화 소리는 즐겁게 이어진다. 한창 바쁘던 잡화점이 잠시 여유를 되찾자 광대를 벌겋게 물들인 무리들 중 하나가 복길을 향해 잔을 흔든다. 복길은 선뜻 다가가 한잔을 주고받으며 건배를 외치는데 분위기를 나누고 싶었던 이들은 시원스레 잔을 비우는 복길의 모습에 우레 같은 박수를 보내며 등을 두드리고 엄지를 치켜세운다.

"부부가 같이 일하니 보기 좋습니다!"

"근데요, 매일 붙어 있음 안 싸웁니까?"

복길이 두 번째 잔을 비운 뒤 턱밑에 흐르는 막걸리를 스윽 닦아낸다.

"민정이는요. 제가 세상에서 제일로 존경하는 사람입니다. 싸울 수가 없어요."

"크~ 봐라 봐! 와이프 챙기는 건 이렇게 해야 되는 거야!"

"앞으로 막걸리는 떨어지지 않게 쟁여놔! 짝으로 마실 테니까."

취하지도 않았건만 복길은 살아온 이야기를 늘어놓으며 각양각색의 덕담과 위로를 받았고 더 크고 험난하게 살았던 이들의 인생을 들으며 건배를 외쳤다.

"복길 씨 저 좀 도와줘요."

평상에서 부어라 마셔라 하는 사이 잡화점 앞은 불나방처럼 모여든 손님들로 가득했다. 이게 무슨 일인가 싶어 다급히 잡화점 안으로 들어가자 한 아주머니가 톤을 높여 복길을 부른다.

"나 아까 아침에 여기서 무 사 간 사람이요! 말했지? 동네 사람들 죄다 끌고 온다고!"

다시 시작된 장사에 복길과 민정은 뭐라도 하나씩 챙겨 보내느라 정신없이 들락거렸고, 열댓 명의 아주머니들은 내일 또 오겠단 말을 남긴 채 두 손 가득 무겁게 떠나갔다. 얼큰하게 취한 노동자들도 집에 전화를 걸어 필요한 야채들을 잔뜩 사가고 나니 잡화점에 있는 웬만한 것들은 팔 게 없을 정도로 동이 나버렸다. 그제야 잡화점의 셔터를 닫을 수 있게 된 복길과 민정은 말 그대로 녹초가 된 채 평상에 주저앉아 숨을 골랐다.

"사람들이 왜 이렇게 많이 와."

"그러게요. 온몸이 안 쑤신 데가 없당…"

피곤에 찌든 민정의 어깨에 복길의 따스한 손길이 스친다. 편안하게 눈을 감고 시원함을 느끼던 민정은 "으, 너무 좋아"를 남발하며 조용히 감긴다. 그러곤 내 차례라는 듯 복길의 손을 끌어 돌린 다음 그의 어깨를 주물러 주자 복길의 입술에서도 "좋다 좋아"가 연달아 흘러나온다.

"근데 복길 씨."

"아, 말 시키지 마. 지금 너무 노곤해…"

"왕사장님이랑 사모님도 지금 우리처럼 이렇게 쉬었겠지? 같이 안마도 해주고."

복길은 대답 대신 따뜻한 미소를 짓는다.

"복길 씨 웃으면서 일하는 거 처음 봐. 뭔가 되게 재밌어 보였어. 젊었을 때 왕사장님처럼."

민정의 말에 복길은 여러 번 고개를 끄덕인다. 그 몇 시간 동안은 그는 정말로 아빠가 된 기분이었다.

"또! 왕사장 닮았다는 말. 내가 제일 싫어하는 거 알면서."

"에이, 이번에는 다르지! 지금은 칭찬인데도?"

말과 달리 실은 그도 민정의 말이 기분 좋았다. 민정이 가장 존경하는 분과 내가 같아 보였다는 것만으로도 영광이니까.

"아차, 복길 씨 내가 재미난 거 보여줄까?"

민정이 늘 주머니에 꽂고 다니는 매출매입 장부를 보여주자 귀찮다는 듯 고개를 돌려버린다.

"내일이면 접을 걸 뭐 하러 적어."

"그래도 할 건 해야지! 이거 봐봐. 나 매출 정리하면서 깜짝 놀랐잖아? 종이 한 장 차이긴 한데 오늘 복길잡화점 일일 매출이 복길마트 이틀 매출을 이겼다?"

"그게 재밌냐?"

"응, 재밌잖아. 복길 씨가 알랑가 모르겠지만 마트 매출은 대형마트 생기기 전부터 줄고 있었다구. 그러니까 우리 가게 매출 하락의 원인은 대형마트 때문이 아니라 사장인 복길 씨 하기 나름이었단 사실!"

듣지 않겠다는 듯 귀를 막고 일어서는 복길을 따라 민정도 서둘러 일어서려는데 문자 알림음에 휴대폰을 꺼내보곤 어머. 민정의 입이 떡 벌어진다.

"어떡해! 소리 밥 안 먹고 기다리고 있대! 문자를 300개나 보냈어! 복길 씨! 빨리 가요 빨리!"

서로의 손을 휘감은 채 눅눅하게 식은 밤공기를 가르며 민정과 복길은 소리를 향해 달려가고 있다. 민정의 눈동자에 조급함과 설렘이 가득 차오른다. 숨이 턱까지 차오를수록 그들의 머릿속엔 오로지 소리에 대한 생각들로 가득 찼으며 이들에게 오늘은 영원히 잊지 못할 특별한 날이 될 것만 같았다. 경석과 연화처럼….

"아유! 어르신 부지런도 하셔라."

어스름한 새벽, 지나가던 요구르트 아줌마가 경석을 알아보곤 잡화점을 새로 연 거냐며 묻지만 경석은 허허 웃으며 잡화점의 셔터를 올린다. 그는 늘 하던 대로 손때 묻은 싸리 빗자루를 꺼내 앞마당을 꼼꼼히 쓸어낸 뒤 기지개를 켜고 코를 벌름거리며 아침 공기를 들이마신다. 그때나 지금이나 새벽 공기는 잠을 번쩍 깨울 만큼 상쾌하다. 빠르게 떠오르는 해가 푸른빛을 지워 나가며 바쁜 아침을 알리자 지나가는 사람들이 하나둘씩 늘어나기 시작한다. 경석은 오늘도 연화의 기억을 되찾을 방법이 무엇일까 고민하며 골똘해지려는데, 가방을 메고 잡화점 앞을 지나가던 청년이 경석을 향해 반갑게 인사를 한다.

"할아버지! 저 기억나시죠? 어제 껌 주셨잖아요."

"어~ 어제 면접 본다던 그 청년이구만!"

경석도 청년을 알아보곤 반갑게 악수를 나눈다.

"그래, 면접은 잘 봤고?"

"예. 할아버지 덕분에 잘 봤습니다."

"내가 뭘 한 게 있다고 이 사람아, 허허."

청년이 가방에서 양말 한 켤레를 꺼내 경석에게 건네주자 빗자루질을 멈추고 그것을 받아든 경석이 무어냐는 듯 쳐다본다.

"어제 면접 보고 오는 길에 샀어요. 그날 기분도 꿀꿀하고 긴장돼서 잠도 못 잤는데 어제 할아버지가 껌도 주시고 응원도 해주셔서 기분 좋게 면접도 잘 봤거든요."

"아유! 근데 이거 선물을 잘못 샀구먼."

"예? 왜요?"

"그 껌은 내가 아니라 우리 할멈이 챙겨준 거니 할멈 거를 샀어야지. 귀한 선물 나만 받았다고 또 삐치겠구먼, 허허."

경석의 말에 청년의 고개가 갸웃거린다.

"할머니요?"

"으응. 어제 계산대에 앉아있던 할망구가 내 안사람이우."

뭔가 이상한 듯 청년이 경석의 안색을 살핀다.

"그게 무슨 말씀이세요?"

청년의 말에 이번에는 경석의 고개가 갸웃거린다.

"무슨 말이냐니 이 사람아, 허허."

"어… 아니에요, 할아버지! 저 이제부터 단골이니까 잘 부탁드릴게요! 오늘도 파이팅!"

청년이 떠나가자 순간 머릿속이 아찔해진 듯 빗자루를 지팡이 삼아 몸을 기댄다. 한참을 빗자루에 기대어 숨을 고르는데, 어젯밤 막걸리를 마시던 장정들이 지나가다 경석을 알아보곤 허리를 숙여 인사를 건넨다.

"어르신 벌써 나오셨어요?"

"아이구, 부지런도 하십니다!"

"저희는 어제 아드님 덕에 잘 먹고 갔습니다! 고맙다고 전해 주십쇼!"

여운이 남아있는 듯 어젯밤의 술자리를 떠들어대는 사내들을 보다 경석이 길을 막아선다.

"여봐. 어제 우리 할멈이 자네들한테 냉차를 갖다 주었지?"

경석의 말에 그랬었냐는 듯 서로를 쳐다보며 말했다.

"글쎄…. 어제 어르신 혼자 계시지 않았어?"

"나도 어제 어르신 말고는 못 봤는데."

그들 중 누구도 기억나지 않는 모양이다.

"저기 저 계산대에 앉아있었는데 왜 못 봐?"

경석의 호통에 장정들은 다시 한번 어제 상황을 떠올려 보지만 아무래도 확실하다는 듯 손을 흔들며 너털웃음을 짓는다.

"어르신! 저희 네 명이나 있었는데 그걸 기억 못 하겠습니까. 없었어요 아무도."

그 말에 경석은 노발대발하며 냉차 주전자를 집어던진다.

"이 염병할 놈들아! 우리 연화가 냉차를 주었잖아!"

남은 악을 모두 쓰고 나니 경석은 몸을 지탱하고 있던 힘이 풀리며 쓰러지듯 평상에 주저앉는다. 그 틈에 장정들은 빠른 걸음으로 잡화점을 빠져나가고, 경석은 망연자실한 채 이것이 무슨 상황인지 생각해보려 애를 써본다.

'대체 연화는 어디로 갔을까' 혼란스러운 듯 한동안 텅 빈 잡화점을 바라보던 경석은 "연화야…" 하고 아내의 이름을 여러 번 불러보지만 그들의 말처럼 이곳엔 자신만이 남아있을 뿐 연화의 온기가 사라진 잡화점은 더 이상 존재할 이유가 없어졌다.

"월래? 어르신이 또 웬일이대유!"

땀을 뻘뻘 흘리며 댄스홀까지 달려온 경석을 보자 장식은 맨발로 나와 그가 스테이지로 들어가지 못하게 막아선다.

"어르신! 오늘은 단체 손님이 있어서 시방 입장이 불가헌디…."

"춤을 추러 온 게 아니라 여기로 우리 연화 안 왔는가…."

"아아… 안 왔어요…."

잠시 숨을 고르던 경석이 그의 어깨너머 스테이지를 힐끔대자 장식이 보란 듯 몸을 연다.

"안 오셨다구요. 제 말 믿으세요 어르신…."

장식이 경석의 이마에 흐르는 진땀을 닦아주며 경석을 진정시킨다.

"장식아. 넌 보았지? 어제 우리 할멈이 나랑 같이 여기서 춤 췄잖아. 응?"

경석의 물음에 장식은 눈치를 살피고선 "뭐 봤을 수도 있고… 못 봤을 수도 있고…"라며 본인이 생각해도 이상한 답을 내놓은 뒤 "지송해유"라며 머리를 긁적인다.

"여봐, 연화랑 내가 한참 동안 춤을 추었잖아!"

경석은 연화와 함께했던 춤들이 아직도 생생하다는 듯 동작까지 보여주지만, 그럴수록 장식은 어쩔 줄 모르겠다는 듯이 그의 시선을 피하기만 한다.

"얼씨구? 이 양반 또 오셨네?"

때마침 댄스화를 들고 계단에서 내려오던 뽀글머리 할머니는 경석을 알아보자 느닷없이 끌어안고, 눈물까지 글썽이며 그의 손을 부여잡는다.

"내 어제 장식 군에게서 다 들었소만, 여보오… 노인은 잊어야 편한 거라우."

경석은 뽀글머리 노인의 말이 당혹스러운지 그 자리에서 얼어붙고 만다. 그의 뒤에서 지켜보던 장식도 근심 가득한 얼굴을 한 채 말했다.

"어르신… 제가 누군지는 알아보시겠어요?"

마치 자신을 환자 대하듯 취급하자 경석의 눈동자가 회색빛으로 탁해져 간다.

"이놈이 어른을 놀려? 너는 평구 아들 아니냐!"

한참 뜸들이다 평구 아들이란 말을 건네자 장식은 가슴을 쓸며 안도의 한숨을 내쉰다.

"아유 인제 정신이 또 돌아오시려나 보네유!"

장식은 한바탕 웃음을 쏟아내며 뽀글머리 노인에게 말을 잇는다.

"우리 어르신 정신이 살짝 가셨을 때는 나를 구두닦이 아들이라구 부르거든요, 그 참 구두닦이가 누구길래 자꾸만 나를 그분 아들이라고 하는지…."

장식과 뽀글머리 노인이 짧은 수다를 주고받는 순간, 경석의 몸이 휘청대며 굵은 눈물방울과 함께 아무렇게 떨어진다. 정신을 잃은 그를 부축하는 장식의 얼굴에는 측은함과 긴박함이 동시에 어려오고, 멀찍이 있던 사람들까지 달려들어 그의 허리띠를 풀고 신고를 하느라 분주해진다.

"어? 가게 문이 열려 있는데?"

잡화점 계산대 위로 모래 먼지가 한 겹 쌓일 때쯤, 복길과 민정이 피곤한 얼굴로 다가와 열려 있는 잡화점을 둘러본다.

"하여간에 아침잠 없는 건 알아줘야 한다니까."

'아빠!'를 외치며 잡화점 안을 둘러보지만 평상에 기대어진 빗자루만 덩그러니, 잡화점은 인기척 없이 텅 비어있다.

"안 계셔? 빗자루도 나와 있는데."

"또 어딜 가신 거야, 신경 쓰이게 참."

경석에게 전화를 걸어보지만 받지 않자 이번엔 소리에게 전화를 건다.

"어 김소리, 지금 할아버지 집에 가서 할아버지 계시나 보고 와. 외발자전거 연습을 대체 왜 하는데! 얼른 안 가?"

불안한 듯 평상에 앉아 손톱을 물어뜯는 복길 곁으로 민정이 앉아 어깨를 쓰다듬어준다.

"어디 일 보러 가셨겠지. 너무 걱정 말아요."

"정신도 없으신 분이 맨날 어딜 그렇게 쏘다니는 거야!"

민정도 티는 내지 않지만 혹여 무슨 일이라도 생길까 노심초사한 마음에 말이 없어진다.

"근데 말이야. 진짜로 왕사장님은 사모님이 보이는 걸까?"

민정의 물음에 복길은 허공 어딘가를 응시하다 어제의 일들을 떠올려 본다.

"나 말야, 어제 여기에 앉아서 엄마를 봤어. 저기… 저기에서 엄마가 걸어오는 거야."

복길의 말이 이해되지 않는다는 듯 민정은 고개를 빼 그가 가리킨 곳을 슬쩍 쳐다본다.

"옛날에 엄마가 맨날 입었던 그 아이보리 원피스를 입고 냉차 보자기 들고 하늘하늘 걸어오는데… 이게 꿈인가… 진짠가… 헷갈리더라고…."

"그래서?"

"정신을 차리고 보니까 그게 아빠더라구. 엄마가 아니라."

민정이 싱겁다는 듯 피식 웃음을 터뜨리던 그 순간, 복길의 휴대폰 벨소리가 위급함을 알리듯 요란하게 울어댄다.

민정 이야기/

"소리의 마음이 먼저예요."

민정은 바다 위에 떠 있는 서퍼들을 바라보며 "꼭 위기를 기다리는 사람들 같지 않아?"라고 복길에게 말을 걸어 보지만 그는 묵묵부답 뭔가를 부스럭대며 혼자 바쁘더니 이내 반 무릎을 꿇고 다이아 반지를 꺼내며 순두부만큼 순수하게 프로포즈를 하고 있다. 그날이 아마도 둘이서 간 첫 여행이었던 것 같다. 민정에게 있어 소리가 먼저인 이유는 그 아이가 복길의 딸이기 때문이 아니라 소리를 먼저 만났고 소리와 먼저 친해졌으며 소리와 더 많은 시간을 함께했기 때문이다. 소리는 처음 마트에 온 날부터 자신의 아지트부터 만들기 시작했다. 사람들이 제일 들락거리지 않는 곳을 직감적으로 아는지 컨테이너 창고 한 귀퉁이에 주황색 천막으로 이글루 같은 공간을 만들어 놓고 하루 종일 나오지 않았다. 마트 식구들은 길고양이 부르듯 창고 앞에 쭈그리고 앉아 이런저런 간식으로 유혹해야 겨우 소리를 만날 수 있었고 할퀴지 않는 선에서 양볼과 엉덩이를 조금 만져볼 수 있었다.

때때로 기분이 좋아지면 소리는 파리와 쌍둥이, 그리고 노란색 조끼에 대한 아리송한 이야기를 들려주었다. 며칠 동안은 귀엽다며 소리의 볼을 꼬집던 수양이와 덕배도 시간이 갈수록 기이한 이야기를 해대는 소리가 꺼림칙한지 아지트를 찾는 일이 줄어들었다. 소리는 응당 그런 반응에 익숙하다는 듯 또다시 혼자가 되어 자신만의 이글루에서 하루 종일 나오지 않았고 마트 사람들은 매일같이 손녀딸을 데리고 출근하는 경석의 의중을 궁금해했지만, 누구도 물어보진 않았다. 대신 '저 애의 아빠는 도대체 어떤 사람이길래 딸을 방치하고 사냐'며 열을 낼 뿐이었다.

"언니는 장롱 위에 사는 사람들을 본 적이 있어."

진열될 사과를 헝겊으로 닦으며 민정은 오로지 소리의 호기심을 자극하기 위해 한 말이었지만 그게 소리와 둘도 없는 사이가 되는 신호탄이 될 줄은 상상도 하지 못했다. 소리는 그 누구도 심지어 경석에게도 허락하지 않은 자신의 이글루에 민정을 초대했고 민정은 온통 주황빛으로 가득한 이글루 안이 꽤나 넓고 아늑하며 마트에서 몰래 훔친 다양한 물건들과 신비한 그림들로 꾸며져 있음에 놀라움을 금치 못했다.

"소리 너 그림을 정말 잘 그리는구나."

나중에 말해준 사실이지만 그건 신비한 그림이 아니라 정신건강치료센터에서 심리분석을 위해 그린 소리의 진단서 같은 거라고 했다. 민정이 가장 마음에 들어 한 '비 오는 집'을 보고 의사는 당장 입원치료가 필요하다는 말을 했다고 한다. 소리는 자신이 제일 좋아하는 사과주스를 네 컵에 나누어 따른 뒤 하나는 민정에게 주고 하나는 자신의 앞에 놓아두었다. 나머지 두 개의 컵은 대체 누굴 위해 따른 건지 그녀는 물어보고 싶었지만 소리가 먼저 질문을 던지는 바람에 두 컵의 주인이 누구인지는 지금도 알지 못했다.

"그 얘기 계속해줘. 장롱 위에 사는 사람들."

소리는 주스를 다 마신 뒤 턱을 괴고 엎드린 채 궁금해 죽겠단 표정으로 민정을 뚫어져라 쳐다보았다. "아아, 그거?" 듣고 나면 아주 실망하겠지만 사실 장롱 위에 사는 사람들의 이야기는 그렇게 놀라운 이야기도 아닐뿐더러 거짓말도 아닌 그저 민정이 어렸을 적 반지하에 살던 시절 장롱 위에 난 작은 창문에서 지나가는 사람을 보고 착각을 일으킨 웃픈 해프닝이었다. 민정은 이 단출한 이야기의 시작과 끝을 어떻게 풍성하게 지어내야 소리가 만족할까를 고민하며 아무렇게 주절댔지만,

소리는 아이답지 않게 한마디도 끼어들지 않았다. 그저 민정의 앞뒤가 맞지 않는 괴상한 이야기를 묵묵히 들으며 세 번째 컵의 주스를 홀짝였다. 그러다 보니 민정은 반지하 방에서 엄마와 단둘이 살게 된 이야기부터 아버지의 폭력, 경석을 따르게 된 일화, 실업계 졸업 후 마트에 취직했던 순간들부터 첫사랑 이야기까지 누구에게도 쏟아내지 못한 속 얘기를 주절주절 떠들었고 어느 부분에선 목소리가 떨려오며 눈물을 보이기까지 했다. 그럼에도 민정은 5학년짜리 꼬맹이 앞에서 주접을 떨었단 생각이 들지 않았다. 기분이 이상했다. 소리는 자신이 서럽게 울 때 엄마처럼 보듬어 주었고 신이 나서 이야기할 땐 입가의 미소를 오랫동안 유지해주었다. 멀리서 자신을 찾는 창남의 목소리가 어렴풋이 들려와도 민정은 이야기를 멈추지 않았다. 소리는 그렇게 긴 시간 동안 민정의 이야기를 온전하게 들어줌으로써 그녀의 이야기를 완성시켜 주었고 민정은 소리가 이글루 안에 사는 훌륭한 철학자라고 느껴졌다.

그날부터 둘은 단짝이 되었다. 틈만 나면 농땡이를 치고 쏘다니며 배고프면 먹고 정처 없이 걸었으며 끊임없이 말했다. 민정을 만난 후 소리는 더 이상 쌍둥이나 파리 같은 이야기를 하지 않았다. 그날 본 개그프로그램 속 유행어를 따라 하며 코딱지를 팠고 떼를 쓰며 자신의 말만 들어주길 바랐다. 소리는 더 이상 경석이 처음 데리고 왔던 어둡고 음침했던 아이가 아니었다. 식구들은 다시 소리의 볼에 뽀뽀를 하고 엉덩이를 두들겼다. 경석은 하나뿐인 손녀딸이 밝아질수록 둘의 농땡이를 못 본 척하는 걸로 사랑표현을 대신했다.

  그해 겨울 소리가 첫 교복을 입던 날. 홀로 집에 다녀온 소리의 표정은 다시 음침하고 어두웠던 아이로 돌아가 있었다. 민정을 아지트로 데려온 뒤 불룩한 주머니에서 꺼낸 새하얀 알약들을 보여주며 아빠를 살려달라고 했다. 그녀는 소리의 입가에 묻은 하얀 가루를 보며 설마 약을 먹었나 의심이 들기도 했지만 자세히 보니 그건 약 가루가 아니라 마른침이었다. 민정은 저 아이의 마른침을 보며 돌아가신 엄마가 떠올랐다. 아버지의 구타가 시작될 때마다 반드시 생겼던, 몇 해 전 엄마의 발인 때 처음으로 자신의 입가에 생겨났던 저것이 떠올랐다. 손톱이 빠지고 뼈가 파이는 것도 느껴지지 않을 만큼 감당하기 힘든 마음의 병이 생길 때마다 균처럼 퍼져나가는 저 마른침이 이제 막 교복을 입은 아이의 입가에 퍼져나가고 있었다. 엄마의 죽음도 감당키 힘든 나이에 아빠의 죽음마저 막지 못한다면 저 아이는 여기 이글루 안에서…. 민정은 더 끔찍한 상상은 하기 싫다는 듯 세차게 고개를 저은 뒤 정신을 붙잡고 목소리에 힘을 주었다.

"이제부터 언니가 알아서 할 테니까 잘 들어."

소리는 대답조차 힘들다는 듯 간신히 고개만 끄덕이며 눈물을 삼키고 있었다.

"언니가 말했지, 사람이 해결하지 못하는 일은 시간에 맡기라고."

"응…."

"언니는 소리 아빠를 시간에 맡길 거야."

"어떻게…?"

"아빠한테 가서 말해. 아빠가 할아버지 마트에서 일했으면 좋겠다고."

이건 복길이 아니라 소리를 살리기 위한 아이디어였다. 소리를 살리려면 알지도 못하는 그 남자, 소리의 아빠부터 살려 내야 했다. 그리고 그 남자를 살릴 수 있는 방법은 이것밖에 없다고 믿었다. 이곳에서 함께 땀을 흘리고 바쁘게 살다 보면 나머지는 시간이 해결해줄 것이다. 그녀 자신도 그랬으니까.

그렇게 복길도 소리처럼 경석의 손에 이끌려 온 첫날. 민정의 예상과는 달리 그가 어둡고 우중충하지 않음에 실로 놀라웠으며 예상과는 다르게 일을 더럽게 못한다는 점에서 굉장한 충격을 받았다. 응당 경석의 아들이기에 일 하나만큼은 똑 부러질 줄 알았던 자신의 추측을 보기 좋게 뭉개버린 인간이었다.

그녀에게 있어 복길은 하루하루가 놀라움의 연속이었다. 일한 지 몇 시간도 되지 않아 모두에게 미움을 사버린 건 예삿일이고, 일한 지 몇 달 안 된 그가 말도 안 되는 고집을 부려 왕사장을 밀어낸 뒤 스스로 사장이 된 사건은…. 자신이 수양대군을 끌어들인 게 아닌가 하는 죄책감에 시달려 살이 5kg이나 빠졌다. 그가 사장이 되고 난 뒤 민정의 살처럼 매출도 쪽쪽 빠져나갔다. 사장 하나 바뀌었을 뿐인데 매출이 반토막 나버린 건 기록이었다. 기가 막히고 코가 막히는 상황에서 정말로 놀라운 건 그가 그럼에도 꽤나 유쾌하고 낙천적인 성격이라는 것이었다. 아무리 뭐라고 해도 유들유들 넘어가기 일쑤에 말도 안 되는 실수를 하루에 몇 번씩 저지름에도(예를 들면, 시원하게 판매한답시고 주류를 냉동 창고에 넣어서 전부 깨짐) 그닥 반성을 하지 않는 그 뻔뻔함은 정말로 사장만 아니었음 한 대 쥐어박고 싶은 심정이었다. 소리는 제법 학교생활에 재미를 붙여 친구도 생기고 학원도 다니느라 아주 가끔 얼굴을 보여줘서 민정을 섭섭하면서도 안도하게 만들었건만 이제 민정에게 있어 문제는 복길이었다.

복길이 미쳐 날뛸수록 민정은 자신이 부른 '화'에 대한 죄책감이 날로 커져만 갔다. 하여 울며 겨자 먹기로 논개가 되기로 마음먹은 그녀는 복길 옆에 착 붙어 하나하나 잔소리를 늘어놓기 시작했다. 물론 모두가 미워하는 복길에 대한 안쓰러움도 있었고 젊은 나이에 혼자가 된 그에 대한 인간적인 연민도 있거니와 경석도 은근 아들 좀 챙겨달라는 뉘앙스로 뇌물(보너스)을 이따금 보내주었기에 고역은 아니었다. 여기에서 반전은 이 뻔뻔하고 고집 센 남자가 자신의 말은 고분고분 잘 따라주는 맛이 있다는 거였다. 알려주면 알려주는 대로 또 머리를 써 자신만의 스타일로 기획을 하고 운영을 할 줄 아는 능력이 있다는 거였다. 아무리 무능력하더라도 피가 피인지라 아버지의 능력을 50퍼센트는 받았겠지 싶은 민정의 생각이 맞아떨어지는 순간이었다. 하여간 민정에게 있어 복길은 놀라움의 연속 그 자체였다. 문제는 복길 자체가 마트 일에 관심은 없고 여기저기 한탕만 노리는 사업에만 귀가 쫑긋해진다는 거였는데 성향 자체가 성실한 노동자보단 대박을 외치는 노름꾼 쪽이었다. 이보다 더 놀라운 건 지금부터인데, 가랑비에 옷 젖듯 매일 붙어 다니며 제 손으로 케어를 하다 보니 사랑이란 새싹이 허락도 없이 싹을 틔우기 시작한 것이다. 민정으로서는 자신의 이상형과 정반대인 복길에게 왜 주체할 수 없는 감정이 싹트는지 이유를 알 수 없었고 이건 사랑이 아닌 동정일 거라며 자신의 마음을 부정하고 또 부정해 보아도 새싹은 기어이 하트 모양으로 똬리를 틀며 동정이 아닌 찐 사랑임을 확인시켜 주었다.

마지막 발악처럼 가지치기라도 해보자란 심정으로 소개팅도 해보고 복길을 일부러 피하며 안간힘을 써 보았지만 되레 보고 싶은 쪽은 자신이었다. 떨리고 설레는 게 아닌 얼렁뚱땅 시트콤 같은 사랑에 민정은 결국 스스로 성 문을 열며 항복을 외쳤고 복길은 어쩌다 그녀의 옆자리에 무혈입성한 모양새로 그녀의 연애사를 비극으로 만들었지만, 복길 역시 그녀의 옆자리를 차지하기 위해 무진 애를 썼다. 고백을 함으로써 민정의 자존심을 살려주었다. 누군가는 복길의 말이 립서비스라고 볼 수도 있겠지만 복길은 진심으로 그녀의 마음을 얻기 위해 애를 썼었다. 아버지에게 물려받은 유전자 덕에 욱하는 성격도 민정 앞에서는 일절 보여주지 않았으며 재무제표, 유통단계, 도매업체 선정 등 민정이 알려준 건 밤을 새워서라도 이해하려 머리를 싸맸다. 매일 씻고 면도하고 파마를 하고 화장품도 발랐다. 시간이 갈수록 아내보다 민정의 얼굴이 더 많이 생각났다. 다만 하늘에서 지켜볼 아내에게 미안했고 애 딸린 사별남이 넘보기엔 민정은 너무 과분해서 감히 좋아한단 생각조차 할 만한 처지도 아니란 걸 알았기에 티를 내지 않았을 뿐 분명 민정보다 먼저 좋아하고 있었던 건 사실이다.

그렇게 그들은 사랑을 시작했다. 다만 소리의 마음이 먼저라고 생각했기 때문에 모두에게 비밀로 하기로 했다. 결혼 역시 소리가 새엄마를 받아들일 준비가 되었을 때 하자고 약속했지만 복길은 틈만 나면 프로포즈를 했다.

"너랑 같이 왔으면 좋겠대."

그리고 얼마 지나지 않아 그들의 사랑을 눈치챈 소리가 시 그널을 보내왔다. 학부모 참관수업에서 복길과 함께 오라며 안 내서를 전해 받은 민정은 현기증이 날 정도로 심장이 두근거렸 다. 기쁨과 두려움이 동시에 밀려오며 '누군가와 결혼을 한다' 라는 먼발치의 미래가 코앞으로 다가온 것 같았다. 모든 것이 두렵지만 적어도 엄마 아빠처럼 살지 않을 자신이 있었다. 훌 륭한 엄마는 되지 못하더라도 좋은 엄마는 될 수 있을 것 같았 다. 그리고 내 자식이 소리여서 감사했다. 백화점에서 백만 원 이 넘는 옷을 한 벌 샀다. 머리도 새로 하고 구두도 맞췄다. 머 리부터 발끝까지 다 바꿨다. 그 교실에서 누구보다 아름답고 예쁜 엄마이고 싶었다. 바람대로 민정은 일에 바쁘고 가사에 지친 엄마들 사이에서 가장 싱그럽고 빛이 났다. 들리진 않아 도 소리의 친구들이 소리에게 뭐라고 말하는지 알 수 있었다. 소리는 수업 내내 복길과 민정을 돌아보며 웃고 또 웃었다. 복 길은 그런 소리를 보며 민정에게 귓속말로 "어쩌면 소리한테 오늘이 가장 행복한 날이 아닐까?"란 말을 하는 바람에 화장이 다 번지도록 눈물이 날 뻔했다.

어서 수업이 끝나 소리를 안아주고 싶어 미칠 지경이었다. 길고 지루한 수업이 끝나자 대부분의 학부모는 바쁘게 빠져나가거나 복길처럼 담배를 피우기 위해 학교 밖으로 뛰쳐나갔지만, 민정은 열성 학부모들 사이에 껴서 복도에 남아 소리를 기다렸다. 교실 문이 열리고 제일 먼저 담임이 나오자 열성 학부모들이 우르르 몰려와 에워싼다. 민정은 관심이 없다는 듯 그들 무리에서 한발 물러나 소리가 나오기만을 기다렸다.

"저… 소리 어머니시죠? 제가 담임 맡고 처음 뵙는 거라서…."

어느새 그녀 앞에 선 담임이 반갑게 인사를 건네며 민정을 바라보는데, 중학생 딸이 있다고 하기엔 젊어도 너무 젊어 보이는 민정의 얼굴을 가까이서 보자 담임의 표정에서 물음표가 그려진다.

"어머, 소리 어머니 아니세요?"

담임을 앞에 둔 민정은 혼란스러워진다. 일단은 엄마라고 하는 것이 맞는지 아니면 사실대로 말하는 것이 소리에게 피해가 가질 않는 건지 고민에 빠져 버렸고 그러는 사이 그녀의 입에서 이상한 말이 튀어나와 버렸다.

"저는… 그냥… 일하는 직원인데요…."

말해놓고도 애매한 답이었다 생각하는데 어느새 민정 옆에 서 있던 소리의 친구 중 하나가 "야 왜 구라를 쳐? 너네 엄마 아니래잖아!"라고 외치며 함박미소를 띤 채 다가오는 소리의 걸음을 멈추게 했다.

그날 이후 소리는 마트에 오지 않았다. 문자도 전화도 받지 않는 소리에게 어떻게든 변명을 해보려 했지만 소리는 철저하게 유령 취급했다. 다만 약속이라도 한 듯 소리와 민정 둘 다 복길에게는 그날 있었던 일에 대해 얘기하지 않았다. 복길은 막상 새엄마가 생길 거라는 상황이 오자 거부감이 들었을 거라며 나름 소리를 이해하려 노력했고, 민정은 소리가 끝내 마음을 열지 않는다면 미련 없이 복길과의 관계를 정리할 거라 다짐하며 수십 번도 넘게 용기를 내어 다가갔지만 소리는 요지부동 여전한 유령 취급으로 민정을 곤란하게 만들었다.

그렇게 곪을 대로 곪은 감정으로 지낸 지 1년.
경석을 위해 잡화점을 세우고 서커스를 준비하는 동안 소리와 민정은 실로 오랜만에 붙어 다녔다. 무거운 짐을 맞잡았고 대화를 나눴고 은근히 서로를 챙겨주면서도 그때의 일은 입 밖에 꺼내지 않았다. 오로지 경석을 돕는 것에 한마음이 된 둘은 하루 사이에 마음속에 있던 응어리가 조금씩 녹아내렸나 보다.
"밥은 내가 차릴 테니까 나 화장 좀 알려줘."
그날 밤 민정과 소리는 새벽이 올 때까지 웃고 떠들며 예전처럼 수많은 얘기를 나누었다. 복길은 소리의 방문에 귀를 바짝 대고 엿들으며 조용한 세리머니로 기쁨을 표출한 뒤, 드디어 때가 왔다는 듯 강릉여행 이후 처박아 둔 다이아몬드 반지를 다시 꺼내 들었다. 소리는 날이 갈수록 민정에게 배운 화장법으로 아름다워졌다. 첫사랑이 찾아왔고 첫 이별에 민정의 품에서 흥건히 울어도 보았다. 생리대도 능숙하게 사용할 줄 알게 되었으며 민정이 안방에서 족발 먹는 걸 허락했다. 훗날 연화의 나이가 된 민정은 이 모든 행복이 가능할 수 있었던 건 딸에게는 할아버지, 나에게는 왕사장님, 남편에겐 아버지였던 한 남자가 일으킨 기적 덕분이었다는 말로 그를 추억하곤 했다.

2023년 8월 10일

당신만이/

나무 밑동에 앉은 경석이 바람에 산들거리는 아까시나무 잎들을 응시한다. 작별을 예감한 듯 손을 흔들어주는 나뭇가지를 훑으며 경석은 자신이 들고 있던 오래된 녹음기 버튼에 손을 가져간다. 딸깍, 익숙한 소리와 함께 잔잔히 퍼져나가는 자신의 목소리를 들으며 무거운 눈꺼풀을 감은 뒤 평온하게 몸을 기댄다.

2010년 3월 16일

아내가 끓여준 된장국에서 리모콘이 나왔다.

한 뼘도 안 되는 병실에 입원시키고 있자니 절로 눈물이 난다.

2014년 9월 2일.

5년을 괴롭힌 몹쓸 병이 결국 내 아내를 데려갔다.

가게 일에 치여 보고 싶다 칭얼대던 마지막 전화에도 나는….

따뜻한 말 한마디 해주지 못한 채 보내버렸다.

2023년 5월 3일.

아내를 데려간 병이 나를 찾아왔다.

매일 무언가를 잊어간다는 게

이토록 끔찍하고 두려운 것인 줄 알았다면.

전화를 혼자서 보내지 않았을 텐데….

2023년 8월 7일.

평생을 살던 동네에서 길을 잃었다.

더 늦기 전에 아내가 좋아했던 된장찌개를 끓여주어야겠다.

내일은 아내의 생일이다.

착잡한 표정으로 정지 버튼을 누른 경석이 눈을 뜨고 하늘을 올려다본다. 연화가 없다…. 연화가 이곳에 없음을 알려주듯 무기력한 정적만이 그의 몸을 감싸고, 불현듯 그의 발걸음이 연화의 방에 있는 낡은 서랍장으로 향한다. 무릎을 꿇고 서랍 맨 아래 칸을 조심스럽게 열어보자 과거의 향이 잔뜩 배어 있는 옷들 위로 환하게 웃고 있는 연화의 영정이 곱게 놓여 있다. 그것을 꺼내어 품에 안은 경석의 볼 위로 뜨거운 눈물이 흘러내린다.

"할부지 기억 또 돌아왔구나?"

달려왔는지 가쁜 숨을 내쉬는 소리를, 경석이 뻣뻣한 목을 꺾고 올려다본다.

"할부지는 기억 돌아올 때마다 그러구 있어. 할무니 사진 보면서…."

경석은 품에 안기는 소리의 등을 차분히 어루만진다.

"너도 봤지? 우리 연화. 느이 할멈 말야. 니가 예쁘다고 미인이라 그랬잖아."

소리는 대답 대신 할머니의 영정을 향해 싱긋 웃어 보인다.

"그럼! 나도 할머니 봤어. 마음으로. 할머니가 나 예쁘다고 했잖아! 너무 예뻐서 삐에로 해도 되겠다고. 그치?"

그 말에 경석이 힘없는 웃음을 터뜨리고 소리는 들고 왔던 작은 액자를 꺼내 경석에게 보여주며,

"짜잔 가족사진! 할부지랑 아빠랑 여기쯤에… 할머니? 다 있지?"

액자 안에는 누군가의 손을 잡고 있는 듯한 포즈로 홀로 서 있는 경석과 그의 뒤에서 땀범벅이 된 채 코끼리 탈을 옆구리

에 낀 복길이 환하게 웃고 있다. 경석은 아주 느리게 손을 움직여 액자 속 텅 빈 연화의 자리를 만져본다. 굳은살이 박힌 손끝으로 훑어 내리며 그는 이곳에서 행복해했던 연화의 얼굴을 가만히 떠올려 본다.

마당에선 대문이 벌컥 열리는 소리와 함께 복길과 민정, 평구가 한꺼번에 몰려든다. 그들을 돌아본 경석은 죄인처럼 고개를 떨군 채 말이 없고 복길은 울음을 터뜨린다. 아들의 울음소리가 잦아들자 경석은 고개를 들어 괴로움과 미안함이 섞인 복잡한 눈빛으로 아들과 민정, 그리고 친구인 평구를 바라본다.

"나… 진짜로 연화를 봤어! 것도 아주 생생하게."

평구가 금테안경 너머로 흘러내린 눈물을 닦으며 밝게 웃는다.

"못 해준 거 다 해주고… 못 했던 얘기도 실컷 하고. 이 병 말이야. 꼭 나쁜 것만은 아닐세."

"원… 자네답게 얘기하는구만…"

"입원해서 치료받으면 다시는 연화를 보지 못하겠지?"

"그렇다고 치료를 하지 않을 수는 없지. 자네도… 자식들도 힘들잖나…"

"그래…. 자네 말은 언제나 맞아. 이제 자식들 고생 그만 시켜야지."

경석은 다가오라는 듯 민정에게 손짓을 한 뒤, 그녀의 손을 힘 있게 잡아준다.

"김 주임…. 아니, 민정아. 이놈 이거 허당이니까 평생 옆에 착 붙어 있어야 돼. 알았지?"

목이 메여 고개만 끄덕이는 민정을 토닥인 뒤 품속에 파묻혀 있는 소리의 얼굴을 들어 올린다.

"우리 손녀! 할아버지 입원하면 놀러 올 거지?"

"응 할부지 으엥."

눈물 콧물이 범벅이 된 채 끅끅대는 소리를 민정이 아이 안듯 받아 품에 안으면, 경석은 자리에서 일어나 아까시나무 아래에 서 있는 복길을 향해 다가간다.

"복길아…."

"예, 아빠…."

복길은 눈물을 닦으며 목소리를 추스르고 경석은 슬픔을 삼키며 남은 말을 전하기 위해 긴 숨을 들이마신다.

"내가 늘 말은 그렇게 했어도 너는 우리한테 늘 첫 번째였어. 우린 너 하나 보고 여기까지 온 거야. 누가 뭐래도 내 아들이고 내 전부였단 말야…. 이제 방해꾼도 없으니 너 하고 싶은 거 제대로 해봐. 뭐든 대차게 해보는 거야!"

경석은 끅끅대는 복길을 안아주려다 멋쩍은지 어깨만 토닥이곤 귀에다 무언가를 속삭인다. 어느새 마당으로 나온 이들이 경석과 복길의 모습을 감상하듯 보고 있다. 소리는 휴대폰을 꺼내 아까시나무 아래에서 연신 고개를 끄덕이는 아빠와 손가락으로 뭔가를 찌르는 듯한 흉내를 내는 할부지의 모습을 영상에 담고 있다. 부자지간의 오랜 담소를 바라보며 평구는 대체 무슨 비밀대화를 저리 나눌까 궁금해하던 중, 말을 마친 경석이 평구에게 다가간다.

"내가 자네 아들한테도 신세를 많이 졌어."

"허허, 우리 장식이가 어릴 때부터 자네를 참 잘 따랐잖나."

"하여간에 오늘부턴 군 시절처럼 같은 건물에서 생활하겠구만."

"그래, 그때처럼 야밤에 라면도 끓여 먹자고."

그들은 주름 가득한 미소를 지으며 서로의 어깨를 다독인다.

"내가 할 일이 하나 남아있어서 그런데 시간 좀 줄 수 있나."

경석의 말에 일동 침묵이 흐르며 긴장감이 피어오른다.

"잠깐이면 되네, 잠깐이면. 옷도 좀 갈아입고…."

"제가 도와드릴게요."

민정이 나서자 경석은 괜찮다는 듯 손을 저으며 그녀를 안심시킨다.

"금방이면 되니 저녁때 다시 오게나."

"그래. 그럼 천천히 정리하시게."

모든 이들이 집을 떠나자 경석은 참아왔던 숨을 깊게 내쉬며 가슴을 진정시킨다. 이제 정말로 작별을 해야 할 시간이 다

가옴에 경석은 눈에 들어왔던 모든 것들이 새로워 보인다.

계절마다 소소한 것들을 피워 내준 작은 텃밭과 늘 든든하게 만들어준 부엌, 연화와 숱한 이야기꽃을 피웠던 이부자리와 늘 비바람을 막아주던 아까시나무도 이제는 또 다른 주인을 만나 많은 추억을 남겨주겠지…. 연화도 분명 자신처럼 이곳을 둘러본 뒤 저 문을 열고 나갔을 것이다. 홀로 떠나는 이의 쓸쓸함이 이렇게나 외로운 걸 진즉 알았다면 정말로 그렇게 보내지 않았을 것이다.

경석은 서랍장으로 다가가 맨 아래 서랍 앞에 또다시 무릎을 꿇는다. 그리고 뭔가를 찾듯 겹겹이 쌓인 옷가지들을 걷어내자 바닥에 깔려있던 교련복과 나무 좌판이 드러나는데…. 50년이 넘는 세월 동안 묵혀 있던 교련복과 나무 좌판을 다시 꺼내어 보니 그 반가움에 입꼬리가 씰룩 올라간다.

"할부지 또?"

교련복을 주섬주섬 입던 경석은 엥? 하는 표정으로 마당에 선 소리와 눈이 마주치자 부끄러운 듯 단추를 잠그던 손이 빨라진다. 소리 역시 교련복을 입는 경석이 미간을 찌푸리며 다가오자 미심쩍은 표정으로 경석을 바라본다.

"할부지 나 소대장 복귀 다시 할까?"

"아냐! 오해하지 말어. 나 안 미쳤다구. 아직은…."

"근데 그걸 왜 입어?"

제대로 들킨 경석은 마지못해 실토를 한다.

"잠깐… 미치러 가는 거야…."

"왜?"

"인사는 하고 가야지. 느이 할멈한테…."

"아, 그렇지? 인사는 하고 가야지."

"넌 왜 나갔다가 돌아온 게냐! 사람 부끄럽게…."

"아빠가 옷 챙기는 거 도와주라고 해서 왔지!"

소리는 경석의 교련복 단추를 잠가주고 경석의 머리도 예쁘게 빗어준 뒤 뜯어말리는 손을 뿌리치며 기어이 자신이 배운 화장법을 경석의 얼굴에 선보인다. 이제 모든 준비를 마친 경석은 소리의 두 어깨를 감싸 쥔 채 눈에 힘을 주었다.

"김소리! 내가 또 병원에 안 가겠다 헛소리를 하면 그때는 때려서라도 데려가야 돼. 알겠어?"

"진짜… 괜찮겠어?"

"우리 손주 새 핸드폰 갖고 싶다고 했지? 소대장한테 하는 마지막 명령이니까 잘해!"

"우와씨! 새 휴대폰? 충! 썽! 할부지! 안 가겠다구 하면 내가 할부지 잘 때 몰래 끌고 갈 거야."

신나서 나가는 소리를 뒤로한 뒤 다시 혼자가 된 경석은 그 옛날 교련복 왕자님 때의 모습 그대로 나무 좌판을 어깨에 들쳐 멘 채 아까시나무 아래에 선다. 옷이 날개라던가. 교련복과 좌판, 그리고 아까시나무가 함께하자 정말로 50년 전 버스정류 장 앞에 와 있는 듯한 착각이 들며 그때의 감정들이 되살아나 고 있다.

"여… 연화야! 잠깐만 나와 봐!"

떨리는 음성으로 부른 뒤 초조하게 마당을 둘러보지만 어떠 한 기척도 들리지 않는다. 한 번 더 부르고도 답이 없자 기대는 사라지고 조급함과 불안함에 목덜미에선 식은땀만 흘러내린다.

"여봐! 나 지금 가면 못 본다고! 아니! 나 지금 병원 가는데 안 나와 볼 거야?"

경석이 자신의 머리를 쿵쿵 때리며 정신을 놓길 바라지만 뜻대로 되지 않는다.

"나 이 교련복도 입었다고! 이 옷 입은 거는 절대로 안 까먹 는다며!"

그는 좌판을 둘러멘 채 안방과 부엌, 마당과 안방까지 모두 돌아다녀 보았지만 여전히 연화의 모습은 보이지 않았다.

"빌어먹을! 하루에도 몇 번씩 정신을 놓고 다니면서… 왜 지금은 멀쩡하냐고! 왜 이리 안 미치는 거야? 제발 좀 미쳐라! 미쳐!"

아무리 불러보아도 그녀의 온기조차 느껴지지 않자 경석은 마당 한복판에 쓰러져 절규를 토해낸다.

"연화야…!"

침을 길게 늘어뜨린 채 정신을 잃어가면서도 그는 끝까지 연화를 부르고, 이젠 말할 힘조차 없다는 듯 입 모양만이 그녀를 찾으며 열기가 서서히 식어가고 있다.

"내가… 내가…. 무섭단 말이야. 무서워서 그래…."

서서히 감겨 오는 그의 눈 위로 문득 연화의 따뜻한 온기가 느껴진다. 경석은 눈을 감고 있음에도 단박에 알아차릴 수 있었다. 이 온도, 이 냄새, 이 촉감은 분명 연화다…. 수십 년을 함께한 내 아내의 따뜻한 손길을 느끼며 경석은 떨리는 손으로 조심스레 그녀의 손등을 만져본다. 순간 상쾌한 공기가 이마를 스치며 눈이 번쩍 떠지면서 교복을 입은 연화가 눈앞에 선 채 뭐가 우스운지 입을 가리며 키득대고 있다.

"뭐 했길래 땀이 잔뜩 났어요…."

그토록 듣고 싶었던 연화의 웃음소리에 경석은 그대로 다가가 연화를 와락 껴안는다.

"사람 참…. 왜 이리 늦게 와? 남자 기다리게 하면 소박맞는다고…."

흐느끼는 경석을 보듬으며 연화도 보고 싶었다는 듯 그의 허리를 감싸 안는다.

"우리 영감 아직도 이 옷이 잘 어울리네? 어쩜 당신은 변한 게 하나도 없어요?"

"안 변하긴 사람아…. 자네 얼굴이나 내 얼굴이나 이제… 주름이 안 진 곳이 없다고."

"왕자님, 오늘은 아이스께끼 없어요?"

"아이스께끼는 무슨! 당뇨로 고생한 사람이…."

"치이, 그럼… 왜 불렀대요?"

연화가 품에서 벗어나 아까시나무의 가지들을 만지며 딴청을 피우려는데… 순간.

"나… 당신만을…."

두 손 모아 노래를 부르는 경석의 목소리에 연화는 놀란 듯 입을 막으며 뒤돌아본다.

당신 곁에 머물다 가는 날까지.
보고 싶은 그대만 사랑하겠소.
당신만이 나만의 사랑이겠소.
보고 싶은 내 사랑 잘 가시오.
당신만이 내 사랑이었소.

떨리는 음성에 갈라진 목소리지만 분명 연화가 그토록 듣고 싶었던, 살면서 한 번도 들어보지 못한 연화만을 위한 노래였다.

"이제 다 기억나요. 경석 씨랑 내가… 우리가 만든 것들 모두 다…."

그의 노래를 들으며 그녀의 머리 위로 수많은 세월이 스쳐 지나간다. 경석의 노래와 함께 흘러간 수많은 세월을 바라보며 연화는 울고 또 웃었다.

"연화야… 내가 아주 오래전에 말했었지? 이 좌판이 동네에서 제일로 큰 잡화점이 될 거라고…. 근데 정말로 자네하고 내가 이 동네에서 제일로 큰 잡화점을 만들었어. 거기에서 자식도 낳고 손주도 보고…. 매일매일 같이 붙어 앉아서 쭈글쭈글한 노인이 될 때까지 이 김경석이 인생! 자네 덕에 진심으로 행복했어."

경석은 참았던 울음을 터뜨리며 굵은 눈물을 떨궈낸다.

"나도…. 이날까지 사랑할 수 있게 해줘서 고마워요, 경석 씨."

그들의 만남이 그러했듯 그들의 이별 또한 아카시나무 아래에서… 서로를 꼬옥 끌어안은 채 함께한 모든 날을 추억했고, 아득했던 날들까지 선명하게 그려내는 연화를 바라보며 경석은 마침내 기적이 이루어졌음을 느낄 수 있었다.

# 에필로그/

아빠는 겨울이 오기 전 지붕 위에 올라 수백 개의 기와를 자식처럼 손보았었다. 덕분에 나는 간밤의 태풍에도 꿈을 깨지 않았고, 늦은 아침 눈을 뜨면 엄마가 차린 집밥이 평상 위에 김을 뿜고 있었다. 그렇게 그들은 아주 오랫동안 나를 위해 살았던 듯싶다.

이제 그들의 온기는 영원히 사라졌고 그 온기를 채워야 할 세대가 바로 자신이 됐음을 알게 된 복길은 두려움부터 앞선다. 그들이 나에게 주었던 만큼 나도 해낼 수 있을까. 이 집의 온기는 영원히 식지 않을 거란 믿음을 아이들에게 줄 수 있을까. 이 집의 지붕은 온갖 비바람을 막아줄 거란 안식을 가족들에게 남겨 줄 수 있을까. 복길은 이제 이 집의 새 주인이자 경석의 자리를 물려받은 가장이 되었다.

"무슨 생각을 하길래 불러도 대답이 없어요?"

평상에 누운 복길의 얼굴 위로 민정의 얼굴이 불쑥 끼어든다.

"거 참, 지금이 몇 신데 이제 오는 거야. 사람 기다리게 해놓고."

"미안해요, 마트 일이 좀 많아야지. 근데 왜 보자고 한 거예요?"

복길은 은근슬쩍 민정의 옆자리에 바짝 붙어 앉는다.

"왜 이래요, 또."

"가만히 좀 있어 봐봐. 오늘 꼭 해야 할 게 있단 말야. 일단 여기, 잠깐 내 손가락 좀 봐."

"손가락은 왜요?"

복길은 엄지손가락으로 자신의 볼을 긁어 병 따는 소리를 내더니 미사일이 발사된 듯 검지손가락을 치켜들고 휘파람을 불기 시작한다.

"뭐 해요, 지금?"

"쉿! 집중하고 손가락 끝을 잘 보라니까."

갸웃거리면서도 손가락 끝에 집중하던 민정은 문득 무언가가 자신의 가슴을 찌르고 있음을 느끼자 고개를 떨궈 내려다보는데, 그녀의 가슴 위로 복길의 반대 손 검지손가락이 푸욱 박혀 있다.

"인제 민정이 찌찌 내가 만졌으니 나랑 결혼해야겠다."

"증말 하다 하다 별짓을 다 보겠네."

"별짓이 아니라 아빠한테 전수 받은 거라구!"

손바닥으로 등을 때리던 민정에게 복길이 사탕 반지를 꺼내 보이자 품- 웃음을 터뜨린다.

"뭐야. 다이아 반지는 어디 가고 웬 사탕 반지?"

"다이아 반지는 소리한테 있어. 프로포즈 실패하면 자기가 가질 거래."

"하여튼 내 딸 아니랄까 봐."

복길은 서둘러 무릎을 꿇고 프로포즈 자세를 취한다.

"민정아, 내가 훌륭한 남편, 훌륭한 아빠는 못 되겠지만 좋은 남편, 좋은 아빠는 자신 있다. 늘 옆에서 두 여자만 보며 살 거야. 나랑… 결혼해줄래?"

민정은 웃는 것 같이 깔깔대다 어느 순간 눈물을 닦고 목소리를 가다듬는다.

"조건이 있어요."

숲처럼 꾸민 요양병원의 뒤뜰에서 외발자전거를 탄 소리가 비명을 지른다. 넘어질 듯 비틀대면서도 꿋꿋하게 나아가며 기어이 벤치에 앉은 경석 앞까지 다다랐다.

"아이구 이 녀석아, 불안하니까 그만 좀 타!"

경석이 노발대발하며 외발자전거를 뺏으려 든다.

"삐에로는 외발자전거를 타고 다닌대! 할부지! 나 삐에로 되는 게 꿈이라고!"

소리는 일주일에 여덟 번 할부지 병원에 놀러 와 대부분의 시간을 이곳에서 보내고 있다. 경석을 보러 가는 건 아무도 뭐라고 하질 않으니 이곳에서 외발자전거도 연습하고 저글링부터 줄타기까지 진정한 피에로가 되기 위한 훈련장소이자 스트레스 해소구역으로 이용하고 있는 것 같다. 인생 말년을 조용히 보내고 싶었던 경석은 늘상 소란을 피우는 소리에게 제발 세 번만 오면 안 되겠냐며 타협을 하려 했지만 소리는 가볍게 무시했다. 오늘도 할부지를 핑계로 이곳에서 신나게 노는 중이다. 옆 환자의 냉장고에서 음료를 꺼내 꼴깍꼴깍 넘긴 뒤 할아버지의 환자복에 입을 스윽 닦곤 코딱지를 파는 동안 경석은 소리가 건네준 인감도장을 만지작댄다.

"그러니까 이걸 다시 나에게 돌려주라 그랬단 말이지?"

"응, 엄마가 복길마트 계속 안 하면 아빠랑 결혼 안 한다고 했대. 코 낀 거지 뭐."

경석은 인감도장을 다시 소리의 손에 쥐여준다.

"그럼 이제부터 이 도장은 우리 집 소대장 거야."

"나? 도장 필요 없는데. 차라리 돈으로 줘, 할부지."

"잔말 말고 가지고 있다가 필요한 순간이 오면 그때 꺼내."

"필요한 때가 언젠데."

"허허, 그야 나는 모르지. 이제 너희들이 알겠지. 너희들 세상인데."

복길은 경석이 만들어 놓은 잡화점을 계속 운영하기로 했다. 이곳에서 하나부터 열까지 아빠가 걷던 길 그대로 따라가며 장사를 배우기로 마음먹었다. 간혹 사총사와 창남이 들러 복길이 모르는 걸 알려주기도 하고 바쁠 땐 하루 종일 곁에서 도우며 가끔 삼겹살에 소주도 한잔하는 사이로 발전했다. 그렇게 그들의 관계도 조금씩 나아지고 있는 듯하다.

복길이 잡화점의 주인이 되기로 결정하면서 마트는 자연스레 민정이 맡아 운영하기로 뜻이 모아졌다. 새로운 사장이 된 그녀는 제일 먼저 마트 앞 공터 주차장에 어린이 놀이터를 만들었고 팔각정도 여러 개 설치했다. 그 바람에 동네 주민들과 가족들, 학생들, 꼬맹이들이 제집처럼 드나들었고 찾아온 이들에게 다양한 서비스와 이벤트를 제공하며 마트는 다시 한번 전성기를 맞이하려 하고 있다. 그해 가을, 복길과 민정은 예식을 마친 후 신혼여행 대신 저녁 장사를 준비했고, 그들의 노력 덕에 경석이 준 통장의 잔고는 1원도 줄지 않았다.

성격이 급한 경석은 그해 겨울 연화를 보러 먼 길을 떠났다.

작가의 말/

당신은 무엇을 할 수 있습니까.

나와 내 아내는 북극과 남극처럼 다르다. 사귀는 내내 천생 연분은커녕 천년만년 싸운 기억밖에 없다. 성향, 성격, 취향, 관심사 전부 동전의 앞 뒷면처럼 달랐고 MBTI만 봐도 서로 다른 알파벳들만 어찌 그리 착착 맞아떨어지는지 웃음이 날 지경이다.

그럼에도 우린 이 기묘한 인연을 20년째 이어가고 있다.

올해로 결혼 18년 차인 나에게 '사랑', '애틋', '달콤' 같은 감정은 이제 회식자리에서 만난 투쁠 한우에게서만 느낄 수 있게 되었으며 그 회식자리에서 거하게 취한 누군가가 뉴진스 VS

신미진(아내 이름)을 외친다면 나는 주저 없이 상추를 물고 하입보이 춤을 추어 보일 것이다.

나의 인생에서 '사랑'은 어린 날 치러낸 수능과 군대처럼 바쁘게 스쳐 지나갔고 '결혼'이란 '결과'까지 낸 이후에는 모든 것들과 함께 졸업, 혹은 제대를 해버린 기분이었다. 간혹 사랑 부재에 대한 울적함을 동족의 유부남에게 토로할 때면 그게 정상적인 가정을 유지하고 있다는 증거라며 사랑의 소멸을 축하해 주었고. 그들의 조언처럼 생애 다시 한번 사랑이란 감정을 느끼게 된다면 그건 바람과 불륜이라 확신할 만큼 나는 아내에 대한 사랑이 종식되었음을 인정하지 않을 수 없게 되었다.

아내가 죽었다는 소식을 듣기 전까지는 말이다.

…다행히 꿈이었고 괴랄한 악몽이었지만 그 속에서 나는 기체화된 염산 속에 허우적대듯 울부짖었다. 1초도 참을 수 없는 빈틈없는 통증을 부여잡은 난 거리로 뛰쳐나왔고 눈에 보이는 건물 중 가장 높은 건물이 어디인지를 찾아 헤매다 킹콩처럼 올라가 그대로 몸을 던졌다. 혹여 살지는 않을까 땅에 박히는 찰나의 순간에도 헤딩하듯 아스팔트를 향해 머리를 들이받는 치밀함까지 보였다. 그렇게 어서 빨리 생을 마감하고, 어딘가

에서 영혼으로 남아 있을 미진이랑 함께 있고 싶었다. 그렇게 경기를 일으키며 깨어난 나는 시계를 보며 새벽 세 시를 확인하고, 옆에서 곤히 잠든 아내의 숨소리를 확인한 뒤 고래의 날숨처럼 뜨거운 눈물이 터져 나왔고…, 그날 밤은 소멸된 줄 알았던 '사랑'이 내 심장 깊은 곳에서 뜨겁게 존재하고 있었음을 마주한 '자성'의 밤이었다. 십수 년이 흐른 지금도 종종 그 강렬했던 꿈을 떠올려본다. 그때 왜 나는 1초의 망설임도 없이 죽음을 선택했을까…. 존심이 쎈 나로서는 꽤나 인정하기 어렵지만 결국 나는 이렇게 결론을 내릴 수밖에 없었다.

'이민혁'은 '신미진' 없이 단 1초도 살 수 없다.

이후 복길과 경석의 이야기를 쓸 때 나는 이 '사실'을 유쾌하게 담아내고 싶었다.

'결국 사랑'이란 말이다.

처음 작가의 말을 써 달라는 요청을 받고서 나는 오 땡큐, 이 페이지가 마치 "임금님 귀는 당나귀 귀!"라고 외칠 수 있는 '대나무 숲' 같은 존재처럼 보였다. 왜일까. 막힌 체기가 뚫리며 나오는 시원한 트림과도 같은 이 공간이 나는 왜 필요했을까….

그렇다. 나는 이 이야기가 책으로 나오기 전, 그러니까 희극 대본으로서 첫 존재를 시작한 2015년부터 복길잡화점에 대해

어떠한 응어리가 쌓여가고 있었던 것이 분명하다. 이전까진 그것이 간혹 거슬리던 입안의 혓바늘이었다면 이제는 자리를 차지하고 혀의 역할을 대신하는 키모토아 엑시구아처럼 마치 이 스토리의 주인 행세를 하고 있는 '신파', '휴먼', '가족극'이라는 프레임이 자명하게 구는 것이 무척이나 싫었다. 마치 내가 느낀 사랑이란 감정을 '정'이나 '의리'로 치부해버리는 것 같은 기분이었다.

"작가님, 제가 가족 신파는 정말 취향이 아닌데 복길이는 좋아요."

어느 날 '복길' 배역을 맡은 친구가 내게 이런 말을 건넸을 때 내가 좀 더 소심하지 않았다면, "이거 신파 아냐 이 자식아"라는 말을 정중하게 건넸을 텐데 하는 아쉬움도 기억에 남아있다. 물론 가족 삼대가 나오니 가족극으로 보는 게 당연하고, 슬프니 신파라고 할 수도 있다 치자. 그저 작가는 다수의 객관화를 덤덤히 받아들이면 그만이지만 이제는 연극이 아닌 책으로서 독자들을 만날 준비를 하고 있는 오늘, 나는 이 소설을 읽는 분들에게 『복길잡화점』은 한 남자의 사랑 이야기를 유쾌하게 담아낸 '**로맨틱 코미디**' 장르라는 것을 명백히 밝히며 독자들도 그러한 시각으로 이 책을 바라봐 주길 진심으로 바라본다.

그래야 훗날 당신 혹은 당신 주변에 어떠한 병이 찾아와도 '슬픈 가족극'이 아닌 '로맨틱 코미디'로 만들어 나갈 테니까….

장담컨대 소설처럼 치매는 당신 또는 당신 가족, 혹은 주변 누군가에게 불쑥 찾아올 것이다. 악담을 하는 것이 아니라 우리는 태어났기에 죽어야 하며 죽음이 어떠한 형태로 다가오든 이별을 준비해야 한다. 슬플지언정 주야장천 올 수만도 없지 않은가! 즉, 받아들여야 하고 어떻게 보내야 할지 고민해 보자는 말이다. 그렇다면 잠시 수십 년 뒤의 미래를 그려 보시라.

부모 또는 반려자가 '치매'에 걸린다면 이별의 과정 속에서 당신은 무엇을 할 수 있을까.

-결국 사랑이다-

아주 쉽다. 받은 만큼 드리면 된다. 마지막까지 당신이 할 수 있는 건 결국 사랑밖에 없을 테니까. 아무쪼록 소 잃고 외양간 고치지 말고 가족에게 덜 미안한 삶을 살길 간절히 바라며, 아주아주 먼 훗날 '그것'이 찾아오더라도 우리의 인생 장르는 '로맨틱 코미디'라는 것을 잊지 않았으면 한다.

P.S. - 못난 인간 소설 작가 만들어준 이준하 대표님과 오민규 과장님, 못난 인간 사람 만들어준 미진이와 건하, 민석 형과 유정 누나에게 진심으로 감사하다는 말을 전하고 싶다.

2023년 가을 **이민혁**

추천사/

책을 읽기 시작하고 첫 챕터가 끝난 후 눈물이 맺혔다.
경석과 연화의 삶의 시작이 벌써 내 마음에 들어왔을
까…. 이 책은 너와 나와 우리의 이야기이며, 경석과 연화
의 아름다운 삶을 오래도록 기억하고 싶은 이야기이다.
이민혁 작가가 복길잡화점을 집필한 것이 고마울 뿐이다.
                                    – 배우 **윤종훈**

그저 후배들의 공연을 응원해야겠단 생각으로 찾은 대학
로의 작은 소극장에서 응원이 아닌 용기와 사랑과 아름다
움을 되려 가득 받아온 그때가 생각납니다.
세상 속에 찌들었을 저에게 너무나도 순수하게 목놓아 울
게 했던 그때가 아직 생생합니다!

그리고 그 아름다운 작품을 책으로 다시 만날 수 있다니 참 행복합니다! 많은 분들이 같이 이맘을 공유했으면 좋겠어요! 우리 동네에 있었으면 좋겠어요. 복길잡화점~^^

- 배우 진선규

누구에게나 추천해도 좋은 가족의 소중함을 다시 한번 느끼게 해주는 따뜻한 작품.

- 배우 현봉식

안타까운 아픔이 또 다른 아픔을 치유하는 아프지만 아름다운 이야기.

- 극단 「간다」 연출 민준호

가족이란 무엇인지, 사랑이란 어떤 형태로 존재하는지 생각해 보게 하는 작품.

- 극단 「못먹어도고」 대표 정재헌

이민혁 작가의 글은 평범함을 특별함으로 만드는 힘이 있습니다. 우린 모두가 특별한 사람이란 걸 깨닫게 해주는 그의 이야기를 통해 소중함을 또 배우게 됩니다.

- 연극 「복길잡화점」 연출가 유연

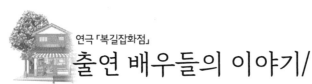

출연 배우들의 이야기/

경석 역 / 김늘메 배우

누구 한 명이 웃으면 다 같이 박장대소하고 누구 한 명이 울면 다 같이 훌쩍거리며 보냈던 연습과 공연의 시간들이 예쁜 무늬가 되었던 복길잡화점이 겨울이면 다시 돌아옵니다. 진한 그리움과 피할 수 없는 가슴 시린 이별에 관한 우리네들의 이야기, 그 따뜻한 복길잡화점을 이제 소설로도 만나보세요.

경석 역 / 정수한 배우

복길잡화점은 가족 간의 사랑이 풍성히 흘러나오는 가슴 따뜻한 작품입니다. 연출, 조연출, 피디, 그리고 배우들 모두가 뜨거운 열정으로 작품에 임했고, 서로가 서로에게 주는 따뜻하고 사랑스러운 마음에 감동을 많이 받았습니다. 정말 가슴 따뜻한 복길잡화점을 소설과 연극으로 만나게 되었습니다.
책과 연극 모두 많은 사랑과 관심 부탁드립니다

연화 역 / 유지연 배우

연화 역을 연기하면서 가족들의 희생과 사랑에 대해 많은 생각을 하게 되었습니다. 사랑이 무대 위에서 고스란히 느껴져서 배우들끼리 눈만 마주쳐도 하염없이 눈물이 흐르곤 했으니까요.
따뜻한 희곡을 연기할 수 있어서 참 행복했습니다.
새로 출발하는 소설도, 2023년 새롭게 재연되는 연극 복길잡화점도 많은 분들께 사랑받기를 바랍니다.

연화 역 / 이지해 배우

저에게 복길잡화점은 따뜻함과 사랑 그 이상의 작품이었습니다. 다시 한번 나를 돌아볼 수 있었고, 가족을 볼 수 있었으며 제 주변을 볼 수 있었습니다. 많은 분들이 이 소설을 통해 더욱더 자신과 주변을 사랑하시길 기도합니다.
연극 복길잡화점도 많은 관심과 사랑 부탁드립니다!

민정 역 / 김소라 배우

사랑이 가득한 복길잡화점에서 민정을 연기하다 보니 더욱더 마음이 예쁜 사람으로 살아가고 싶어졌어요. 이 책을 읽으시는 독자 여러분들도 같은 마음을 느끼셨으면 하고 조심스럽게 바라봅니다. 행복하세요.

민정 역 / 박소희 배우

나에게 민정이란, '고요함'이라고 표현하고 싶어요. 흔들림 없고 요동 없는 고요한 사람.
사랑하는 나의 가족을 더 많이 사랑하고 아껴주고 소중히 다뤄주고 싶은 마음이 참 진하게 남았던 아름다운 작품입니다. 다시 한번 이 추운 겨울을 따스히 감싸 안으러 갈 테니, 이젠 소설로도 함께해요 우리.

소리 역 / 김하진 배우

제게 복길잡화점은 정말 또 다른 가족이고 소리에게 희생하고 배려하는 사랑에 대해 배웠습니다. 이 따뜻한 웃음과 뜨거운 눈물로 가득 찬 가족을 많은 관객분들이 이젠 소설로도 만나길 바라고 따뜻한 연말로 가득 차길 바랍니다. 복길잡화점이 제가 연화가 될 때까지 영원하길 바랍니다!

소리 역 / 류혜린 배우

2022년 겨울, 겉으로는 철없어 보이지만 누구보다 속 깊은 '소리'라는 아이를 만나, 덕분에 저도 좀 단단해졌습니다. 또 하나의 가족의 탄생, 가족의 의리! 언제나 이 가족을 응원합니다♥

복길 역 / 김형민 배우

처음에 대본을 받아보았을 때 너무 내용이 좋아서 함께할 수 있다면 영광이겠다는 생각을 했습니다. 수없이 대본을 읽고 어떤 한 가족에게 닥친 불행보다는 사랑과 희망을 더 볼 수 있게 되었습니다. 여러분도 이 책을 읽으시면서 많은 좋은 생각들과 감동을 함께 느끼실 수 있으면 좋겠습니다. 더불어 앞으로 계속되는 연극 복길잡화점도 보러 오시고 응원해 주시길 바랍니다.
감사합니다.

복길 역 / 김주일 배우

유연 연출님의 권유로 만난 복길잡화점. 텍스트로 리딩할 때도 벅찼고 움직이면서는 매 순간 뜨거웠습니다. 복길잡화점 안에서 살았음에 감사하고 그 안에서 만났던 모든 배우들께 감사하며 살게 해준 연출님과 극단 대표 이

하 모든 스태프분들께 감사하고 감사합니다. 살아가며 끝까지 곁에 있을 가족! 그 소중함 따뜻함은 복길잡화점 안에 영원히 머물러 있을 겁니다.

사랑합니다!